나무의 말이 좋아서

나무의 말이 좋아서

1판 1쇄 발행 2019. 6. 10.
1판 2쇄 발행 2019. 9. 26.

지은이 김준태

발행인 고세규
편집 임지숙 | 디자인 조은아
발행처 김영사
등록 1979년 5월 17일 (제406-2003-036호)
주소 경기도 파주시 문발로 197(문발동) 우편번호 10881
전화 마케팅부 031)955-3100, 편집부 031)955-3200 | 팩스 031)955-3111

값은 뒤표지에 있습니다.
ISBN 978-89-349-9594-4 03810

홈페이지 www.gimmyoung.com   블로그 blog.naver.com/gybook
페이스북 facebook.com/gybooks   이메일 bestbook@gimmyoung.com

좋은 독자가 좋은 책을 만듭니다.
김영사는 독자 여러분의 의견에 항상 귀 기울이고 있습니다.

이 도서의 국립중앙도서관 출판예정도서목록(CIP)은 서지정보유통지원시스템 홈페이지
(http://seoji.nl.go.kr)와 국가자료공동목록시스템(http://www.nl.go.kr/kolisnet)에서
이용하실 수 있습니다.(CIP제어번호 : CIP2019018823)

나무의 말이 좋아서

오늘도 나는 숲으로 갑니다 ──

글·사진 김준태

김영사

봄

여름

오늘도 나는 숲길에 선다

숲으로 가는가, 산으로 가는가? 숲은 나무와 풀이 무성하게 우거진 수풀이요, 산은 땅이 평지보다 높이 솟아 있는 부분을 의미한다. 숲에 산이 있고, 산에 숲이 있다. 그럼에도 사람들은 숲에서 산을 잃어버리고, 산에서 숲을 잃어버린다. 숲에 든 사람이 산을 보지 못하고, 산에 오르는 사람이 숲을 보지 못한다. 분명한 것은 숲과 산은 언제나 그곳에 함께 있다는 것이다.

숲길에서 숲과 산의 이분법적 충돌을 지운다. 누구나 숲길을 걷다 보면 산에 오르게 되고, 산을 오르다 보면 숲길을 걷게 된다. 숲길을 통해 숲과 산이 비로소 하나가 된다. 숲길에는 무모한 집착도, 과도한 근력의 요구도 없다. 굳이 급하게 도전하고 정복하려고 하지 않아도 된다. 천천히 느리게 숲길을 걷는다. 숲 나무들이 말을 걸어오니 더욱 좋다. 그렇게 몇 마디 주고받다 보면 어느새 산정이다. 느리지만 빠른 패러독스가 숲길에 있다. 숲 나무들이 주는 선물이다.

나무는 온 산하 어느 곳 들머리부터 날머리에 이르기까지 변함없이 그 자리에서 사람을 반긴다. 이들이 물, 공기, 흙과 어우러져 만들어내는 생태계가 사람에게는 치유의 장場이다. 어느 것 하나 멈춰 있지 않고, 언제나 맑고 신선한 오라aura로 사람들을 맞이한다. 누군가에게는 위로를 주고, 누군가에게는 활력을 준다. 나무의 일상에서 세상만사 온갖 해법을 다 만난다.

나무들이 함께하니 숲 세상은 흔들리지 않는다. 꽃을 피워 씨를 만들고, 열매에 담아 유전자를 계승한다. 한편에선 빼곡히 잎을 내어 광합성을 하고, 양분을 만든다. 그리고 줄기에서는 물과 영양염류가 부지런히 오간다. 한 해를 마무리할 즈음이 되면 잎이 지고 열매는 어미를 떠난다. 그리고 지혜의 유산이 뿌리에 남겨진다. 이 과정 속에서 삶의 과학과 논리를 만나고, 지혜와 감성을 배운다. 숲 나무들이 들려주는 전설이 바로 인문학이다.

나무 그리고 숲, 이들과 상호작용하는 자연과 공감하고 싶었다. 더불어 이들과 함께 사람 사는 이야기도 나누고, 참세상으로 나아가는 길을 찾고자 했다. 그 길에서 생명의 과학과 치열했던 진화의 기록을 만났고, 인문을 통찰한 시와 노래도 불렀다. 나무마다 새겨진 이야기에 공감하면서, 고단한 삶으로부터의 해방을 꿈꾼 민초들의 흔적에 울컥하기도 했다. 때론 사람 세상은 얼마나 지속 가능한지, 과연 내일은 있는지 조목조목 따져보기도 했다.

무엇보다 나는 나로서 소중한가? 나는 나로서 존재하고 있는가? 숲길에서 나무들과 문답하고 평정을 찾는 일상을 반복했다. 나무가 보내준 답은 지극히 평범했다. 내 일터에서 책무를 다하고, 남에게 상처 주지 않으며, 나를 나로서 존중하는 삶을 살아가기. 이 세 가지 명제를 알기까지 이토록 많은 시간이 걸렸던가. 마음을 가다듬고 눈을 크게 뜬다. 경쟁, 비교, 집착 등 익숙한 용어들을 지운다. 매서운 칼바람도 숲 나무 앞에서 고요하다.

오늘도 나는 숲으로 간다. 나무가 들려주는 말이 좋아서……. 이들과 동행하며 나를 찾고, 나를 존중하는 지혜를 배운다. 나의 세상이 소중하니 너도 반갑다. 사람 세상이 밝아진다.

2019년 봄날
우산봉 아래에서
김준태

봄

숲길에 ──── 물이 오른다

봄이 열린다. 숲이 깨어나 무채색 단조를 벗는다.

숲 나무들에서 물오르는 소리가 들린다.

제 살갗을 트는 꽃들에게 길을 묻는다.

봄을 쉽게 만난 적이 있던가?

봄옷을 입을까 겨울옷을 입을까? 그래도 봄옷에 손이 간다.

봄이 새 출발이고 희망이기 때문이다.

봄이 왔나 잠시 긴장을 푸는 순간, 무슨 미련이 남았는지 물러갔던 시베리아고기압이 다시 혹한을 몰고 온다. 엄동설한 겨우 붙잡고 있던 기력을 모아 꽃망울을 터뜨렸는데, 말짱 허사이다. 꽃을 시샘하는 추위이다. 춘래불사춘春來不似春이다. "우수도 / 경칩도 / 머언 날씨에 / 그렇게 차가운 계절인데도 / 봄은 우리 고운 핏줄을 타고 오고 / 호흡은 가빠도 이토록 뜨거운가?" 신석정의 시 〈봄을 기다리는 마음〉이다. 어찌 봄을 쉽게 만난 적이 있던가? 봄옷을 입을까 겨울옷을 입을까, 몇 번을 망설여야 봄이 온다. 그래도 자꾸 봄옷으로 마음이 가는 것은 봄이 새 출발이고 희망이기 때문이리라. 오늘도 외투를 입고 갈까 그냥 갈까 고민한다.

봄은 꽃이다. 만물이 소생하여 꽃으로 한 해를 연다. 이맘때면

홍매화로 봄을 연다.

겨울 끝자락부터 꽃눈을 연 홍매화 사진들이 경쟁적으로 온라인 커뮤니티를 장식한다. 산사를 배경으로 그 자태가 참 고매하다. 부지런한 사람만이 찍을 수 있는 사진이다. 이제 여기저기 형형색색 꽃 소식이 폭발적으로 들려오겠지. 사람들은 꽃빛에 들뜨고 설렐 것이다. 세로토닌 분비도 많아지고, 혈액순환도 원활해진다. 그리고 사랑 세포들이 드디어 잠에서 깨어나 세레나데를 부른다. 사람들이 모두 예뻐 보인다. 그렇게 내 마음이 넓어지니 세상 풍경이 참 아름답다. 봄이 가져다주는 선물이다.

매화마을, 산수유마을, 진달래마을, 철쭉마을, 벚꽃마을. 함께 모여 있기에 풍성한 꽃 공동체 마을이다. 방방곡곡 이름만 대면 알 수 있는 꽃마을들이 벌써부터 봄맞이 준비를 한다. 더불어 우리 산하도 무채색 단조를 벗고 깨어나기 시작한다. 그러고 보니 봄꽃 소식은 사람의 온기가 가득한 꽃 공동체 마을에서부터 비롯되었다.

새벽부터 꽃구경에 마음 설레며 여러 번 달려갔다. 하지만 번번이 사람 구경, 차 구경만 잔뜩 했지. 꽃마을이야 소란스럽겠지만, 꽃들과 문답하는 봄이야말로 사람 세상의 로망이다. 꽃길에서 좋

산수유 꽃 공동체 마을에 사람의 온기가 가득하다.

은 사람들과 정을 나누며 천천히 느리게 걸어보자. 나를 일으켜주
는 모든 것에 감사하면서 꽃들이 전하는 희망에 귀 기울여보자. 해
마다 한 번씩은 가야지 했는데, 올해도 어김없이 도전이다.

숲길에서 꽃을 찾는다. 숲은 아직 칙칙한 회백색으로 삭막하다.
채 녹지 않은 눈덩이들이 응달에서 허여멀겋다. 봄이 온 것도 아니
고, 겨울이 간 것도 아니다. 그럼에도 불구하고 살살 부는 미풍에
흔들리는 색다른 컬러를 발견한다. 생동감이란 전혀 없어 보이는
무뚝뚝한 나뭇가지인데, 노란색 꽃 뭉치들이 부풀어 나와 시선을
끈다. 바로 생강나무이다. 꽃이나 잎을 비벼보면 알싸한 생강 냄새
가 난다고 해서 붙은 이름이다.

조장나무

생강나무는 우리 숲에서 가장 먼저 봄을 알려주는 우리나라 고유의 나무이다. 웬만한 사람은 그냥 산수유나무로 간주해버린다. 두 나무 모두 여러 개 노란 꽃이 다발로 뭉쳐 있어 그럴 만도 하다. 하지만 생강나무 꽃은 꽃자루가 없고, 산수유는 꽃자루가 있어 분명한 차이가 있다. 산수유는 본래 사람들이 열매를 얻기 위해 오래전부터 마을 주변에 심어온 약용 나무이다. 반면 생강나무는 이른 봄 숲속에서 노란 꽃을 피우는 야생의 나무로, 한여름이면 잎이 곰 발바닥 모양으로 크게 자라 더욱 구별할 수 있다. 산수유는 숲 언저리 마을 주변에서, 생강나무는 숲속에서 볼 수 있는 나무로 기억해도 좋다.

생강나무처럼 노란 꽃 뭉치를 피우는 나무로 조장나무가 있다. 얼핏 보면 닮았지만, 꽃이 잎눈 바로 아래에서 피어 마치 초를 받치고 있는 촛대 모양새이다. 줄기 전체에서 꽃 뭉치가 흐드러지게 피는 생강나무와 대조된다. 수피樹皮로도 생강나무, 조장나무, 산수유를 구별할 수 있다. 생강나무는 회색빛 바탕에 하얀색 버짐 무늬를 띠고, 조장나무는 진녹색으로 매끈하다. 이에 비해 산수유나무는 수피에 잔껍질 부스러기가 제멋대로 거칠게 붙어 있다.

"그리고 뭣에 떠다 밀렸는지 나의 어깨를 짚은 채 그대로 픽 쓰러진다. 그 바람에 나의 몸뚱이도 겹쳐서 쓰러지며 한창 피어 퍼드러진 노란 동백꽃 속으로 폭 파묻혀버렸다. 알싸한 그리고 향긋한 그 냄새에 나는 땅이 꺼지는 듯이 온 정신이 그만 아찔하였다." 소작인 아들과 주인집 딸의 로맨스를 그린 김유정의 《동백꽃》이다. 동백꽃은 붉은색인데, 노란 동백꽃이라고? 동백꽃에서 알싸하고 향긋한 냄새가 난다고? 동백꽃을 아는 사람이라면 의아해할 구절이다.

작가가 《동백꽃》을 춘천에서 집필했다 하니 이해가 간다. 동백나무 수목한계선이 충청도 서천쯤이니 춘천에서는 우리가 아는 붉은 동백꽃이 피지 않을 것이다. 그렇다면 노란 꽃을 피우는 동백은 무엇일까? 바로 생강나무이다. 강원도에서 생강나무는 산동백, 올동백이라고도 부른다. 그러고 보니 작가가 노란색 꽃을 피우고, 알싸한 냄새를 풍기는 생강나무의 디테일을 정확히 읽은 것이다.

"아우라지 뱃사공아 배 좀 건너주게 / 싸리골 올동박이 다 떨어진다 / 떨어진 동백은 낙엽에나 쌓이지 / 사시장철 님 그리워 나는 못살겠네." 〈정선 아라리〉에서 올동박이 "아리랑~ 아리랑~ 아~라리요"에 실린다. 그리움과 기다림으로 한이 되어 우리네 가슴을 적신다. 여기에 등장하는 싸리골 올동백도 생강나무이다.

"아버지가 눈을 헤치고 따 오신 / 그 붉은 산수유 열매 / 나는 한 마리 어린 짐승 / …… / 서러운 서른 살 나의 이마에 / 불현듯 아버지의 서느런 옷자락을 느끼는 것은 / 눈 속에 따 오신 산수유 붉은 알알이 / 아직도 내 혈맥 속에 녹아 흐르는 까닭일까." 김종길의 〈성탄제聖誕祭〉에서 아버지는 가난했다. 양약에 기댈 형편도 못 된다. 엄동설한 마을 숲 초입에 바람 맞고 서 있는 산수유나무, 그리고 눈을 이고 매달려 있는 빨간 산수유 열매 그게 전부였다. 산수유 달인 물로 열을 내리고, 간절한 기도로 설움을 삼키던 아버지. 바로 우리 모두의 아버지이다.

〈성탄제〉는 국어 교과서에 단골로 등장하는 시이다. "교무실 창밖의 저 나무가 산수유예요. 바로 〈성탄제〉 나무예요." 함께 근무하던 선생님한테 알려드린 적이 있다. 얼마 후 선생님이 답을 주셨다. "삼사월이면 〈성탄제〉를 단골로 가르쳤는데, 산수유를 옆에 놓고도 산수유를 모르고 시를 가르쳐왔다. 산수유 노란 꽃에만 시선을 주었지, 이 나무를 성탄제 수업에 들여보내지 못했다." 시를 시험문제로만 가르친 셈이다. 아이들이 산수유를 이해하고 젊은 아버지의 붉은 사랑 이야기를 만났다면, 성탄제 그 밤 흰 눈을 더욱 절실히 이해했으리라는 생각이 든다.

산수유 노란색 꽃 무리에 취할 줄만 알았지, 꽃과 열매와 노래가 제각각이었던 것이다. 우리 교육에서 교과 간의 장벽을 실감하게 하는 대목이다. 융합, 퓨전, 크로스오버, 뉴에이지, 통섭, 통합, 넛지, 블루오션…… 창의적 사고와 발상의 전환을 강조하는 시대이다. 온 나라가 미래의 삶을 대비하는 역량을 키우자는 교육으로 떠들썩하다.

그런데 실천하는 디테일이 잘 보이지 않는다. 여전히 총론과 명분, 구호만 요란하다. 굳이 거창하지 않아도 되는데, 너무 먼 곳에서 헤매고 있지는 않은지? 〈성탄제〉를 가르치는 시간에 산수유의 과학까지 스토리텔링하는 선생님! 그 선생님과 함께하는 아이들의 생각 깊이는 예사롭지 않으리라. 자연과학과 인문학의 만남이 그리 멀리 있는 것이 아니다.

봄이 왔다. 꽃이 먼저 필까? 잎이 먼저 나올까? 생강나무도 산수유도 꽃이 먼저 나와 한바탕 잔치를 벌인 다음에야 잎이 나온다. 매화마을 매화나무도 잎은 안 보이고 꽃만 무성하다. 가로수 벚나무도 하얀 연분홍 꽃으로 가득하다. 개울가의 개나리 노란 꽃도, 숲속 진달래 분홍 꽃도 그렇다.

왜 꽃을 먼저 피울까? 나무가 꽃을 피운다는 것은 제 살갗을 찢는 고통이다. 그만큼 많은 에너지가 필요하다. 그럼에도 꽃을 피운다. 살아 있는 것들이 감당해야 할 가장 큰 존재의 이유는 무엇인가? 바로 자손을 통해 유전자를 계승시키는 소명이다. 그러려면 짝을 만나야 한다. 나무에게는 꽃이 바로 짝을 만나는 생식기관이요, 그 속에 온갖 지혜를 다 모은 자손 번식 시스템이 있다.

이른 봄 잎을 먼저 내기 위해 에너지를 쓴다고 생각해보자. 겨우내 먹거리에 시달리던 초식동물들의 공격에 남아나지 못했겠지. 그러다가 에너지는 고갈되고, 결정적으로 꽃을 피우지 못해 더 이

눈이 시리도록 청명한 봄날. 벚꽃 엔딩이 처연하다.

상 생명의 연속성을 보장받지 못하는 지경에 이를 것이다. 이런 시나리오를 택한 나무들은 벌써 지구상에서 사라지고 없다. 진화라는 시간 열차에 오르지 못하고 탈락한 것이다. 꽃부터 피워 유전자를 계승시키고, 그다음에 몸집도 키우고 멋도 부린다. 나무도 생각하면서 산다.

꽃이 피면 꽃이 져야 한다. 봄바람에 흩뿌려지는 벚꽃 엔딩은 얼마나 처절하던가! 이룰 수 없는 사랑, 그런 사연을 간직한 연인들이 맞이하는 이별이다. 이 순간이 믿기지 않고 눈물마저 아프다. 이것이 꿈만 같아 오늘 헤어지더라도 내일 다시 볼 수 있을 것만 같다. 하지만 돌이킬 수 없다. 꽃이 날리는 것인지, 눈물이 날리는 것인지. 이별의 생채기가 기억으로 남아 모질다. 봄비마저 거든다. 꽃비에 가리는 연인들의 뒷모습이 처연하다.

벚꽃은 장미과 나무가 그렇듯이 꽃잎 다섯 장이 모여 뭉치를 이룬다. 벚꽃이 진다는 것은 꽃잎 다섯 장이 제각각 떨어져 바람에 실리는 것을 의미한다. 바로 풍장風葬이다. 눈이 시리도록 청명한 봄날! 오랫동안 사랑해온 연인들이 이별한다. 가슴이 미어지고 눈물이 넘친다. 차곡차곡 채운 정표들이 차례차례 흩어져간다. 실연의 아픔을 어찌 말로 다 하겠는가. 비련이 실린 벚꽃 풍장이 봄날 한가운데에 있다.

동백꽃 엔딩은 단호하다. 도도하게 빛나던 꽃 덩어리가 어느 날 갑자기 툭 하고 통째로 떨어진다. 미인은 박명이라 했던가. 너무도 비통하다. 나무 아래로 떨어져 꽃밭을 이룬 꽃 무리에는 아직도 선홍색 향기가 가득하다. 살아 있는 세상이 분명한데, 더 이상 이승이 아니라고 한다.

목련꽃의 마지막은 어떠한가? 백옥같이 빛나던 꽃들이 탄력을 잃은 채 곪아 썩도록 가지에 붙어 있다. 삶에 미련이 많이 남아서일까? 이제 세상과의 연을 놓고 평안한 길을 가주었으면 하는 생각마저 든다.

속절없이 바람에 실리는 벚꽃, 단호히 셀프 엔딩을 택하는 동백꽃, 삶의 끝자락을 놓지 못하는 목련꽃. 모두 다 유전자를 남기고 맞이하는 애잔한 피날레이다. 사람들에게 그 모습이 제각각으로 보이겠지만, 그들이 떨어져나간 뒷자리에는 내일의 희망이 남아 있다. 바로 열매라는 이름으로 내일을 약속하는 생명이 자라고 있는 것이다.

"해가 동틀 무렵, 밤새 호수 위를 감싸던 물안개가 걷히면서 수면이 모습을 드러낸다. 마치 밤샘 토론을 끝낸 듯 안개들이 숲속 곳곳으로 유령처럼 흩어져간다. 부드럽게 일렁이는 잔물결 사이로 빛줄기가 반짝거린다." 헨리 데이비드 소로Henry David Thoreau의 《월든Walden》에 나오는 새벽녘 숲 언저리, 물안개 가득한 풍경을 좋아한다. 첫새벽 호숫가 숲길은 언제나 티 없이 맑고 순수하다. 열을 지은 청둥오리 무리도, 호수 저편을 넘겨보는 왜가리도 모두 동지들이다. 그 속에서 하루를 맞이한다.

새벽 호숫가 숲길에서 우리는 누구나 맑고 순수하다.

봄날 나무마다 물이 오른다. 사람 세상에도 긍정의 바람이 분다.

나뭇가지 군데군데 부풀어 오른 꽃눈, 잎눈마다 빛줄기 받을 준비로 분주하다. 그 모습이 이슬방울에 겹쳐 영롱하다. 갑자기 지구가 자전과 공전을 반복하지 않으면 어떡하지? 소름이 돋는다. 이토록 청아한 새벽이 어찌 올 것이며, 이토록 기적 같은 봄꽃 콘서트를 어찌 만날 수 있겠는가. 초지일관 소임을 다하고 있기에 지구가 돌고 질서가 유지되는 거겠지. 그리하여 어제 좌절했던 절망에서 일어설 수 있음이라. 봄날 숲길에서 우주 삼라만상이 펼치는 장관, 그리고 자연의 하모니를 모두 만난다. 챙겨 입은 겨울옷을 퇴장시키고 다시 봄옷을 꺼낸다.

꽃으로 ──── 초록을 채운다

숲길이 꽃들로 도란도란하다.

풀꽃부터 떨기나무까지 차례차례 봄날을 피워낸다.

자세히 보니 저마다 사연도 많다.

나는 내 주변 사람들을 얼마나 빛나게 해주고 있는가?

옆에 있는 사람이 빛나도록 자신을 낮추는 사람,

그런 사람이 많아지는 세상을 그린다.

숲으로 간다. 숲 언저리 구부러진 밭둑에 봄맞이꽃, 봄까치꽃, 광대나물, 별꽃, 벌깨덩굴, 꽃마리, 주름잎, 괭이밥, 매발톱, 금낭화, 애기똥풀, 솜나물, 양지꽃…… 작지만 기품 있는 우리 꽃들로 지천이다. 이 꽃들이 나오면 동네 어른들도 기지개를 켠다. 겨울 내내 처마에 매달려 있던 곡괭이, 쇠스랑, 쟁기를 내려 논밭으로 나갈 채비를 한다. 이들 봄꽃들이 한 해 농사의 시작을 알리는 전령사, 농사초農事草인 셈이다.

숲 언저리의 논밭이 갈리고 북돋아지고 거름이 뿌려지고…… 분주하다. 관리기 한 대가 몇 번 왔다 갔다 하니 가뿐하게 마무리된다. 사람들의 노동이 모여야 가능했던 일들인데, 이 또한 진화이다.

숲길 속으로 들어서니 아직 무채색인 검불 사이로 봄꽃 페스티

봄까치꽃

벌이 한창이다. 노루귀, 바람꽃, 개별꽃, 애기나리, 제비꽃, 구슬붕이, 산자고, 현호색, 괭이눈, 금붓꽃, 각시붓꽃, 얼레지, 은방울꽃, 둥글레, 괴불주머니, 족도리풀, 광대수염……. 출연진이 다채롭다. 하얀색부터 빨주노초파남보 형형색색 꽃들에게서 온갖 가시광선을 다 보게 된다. 꽃들만이 할 수 있는 컬러 프로세싱이다. 저보다 큰 초목들이 깨어나기 전에 존재의 이유를 분명히 하려는 것이리라.

적당히 따스한 봄볕, 그리고 때맞춰 생동하는 봄꽃들이 사월 숲에 있다. 서양 꽃으로 채워진 정원에서는 만날 수 없는 기품이 우리 자연의 숲에 있다. 봄 숲 화원에서 만나자. 천천히 거닐면서 봄날의 여백을 즐기자.

숲꽃이 만개할 무렵 타이밍을 놓치지 않고 재빨리 활동을 시작하는 나무가 있다. 바로 키 작은 나무들이다. 머뭇거리다가 키 큰 나무에 가리면 제대로 햇빛 구경도 못 하고 한 해 성장을 망치기 때문이다. 사람 키보다 작은 떨기나무를 관목灌木, shrub이라 하여 큰키나무인 교목喬木, arbor과 구별한다. 관목은 원줄기와 가지의 구분이 분명하지 않고, 나무 밑동에서부터 잔가지를 많이 만드는 특징이 있다. 교목은 줄기가 곧고 굵은 큰키나무로, 원줄기와 가지의 구별이 뚜렷하다.

국수나무, 조팝나무, 산수국, 고광나무, 물참대, 말발도리, 미역줄나무, 딱총나무, 진달래, 철쭉, 싸리나무, 쥐똥나무, 누리장나무, 괴불나무, 병꽃나무, 장구밥나무, 까마귀밥여름나무……. 숲이 짙은 녹색으로 우거지기 전, 아직 햇빛이 숲속 깊숙이 파고들 때 친근하게 만나는 키 작은 나무들이다. 먼저 풀꽃들이 고개를 내밀기 시작하고, 그다음에 키 작은 나무들이, 마지막으로 키 큰 나무들이 움트는 정교한 질서가 숲에 있다. 배려와 나눔의 숲이다.

이맘때 숲 어귀에서 흔히 만나는 떨기나무로 조팝나무와 국수나무가 있다. 공교롭게도 두 나무 모두 배고픈 시절을 대변한다. 겨울이 가고 봄이 시작되면 집집마다 먹을거리가 떨어져 난리였다. 쌀독이 비고, 고구마 광도 휑해졌다. 땅속에 묻어둔 김장독에 김치 한 조각, 무짠지 한 조각도 남아 있지 않을 때이다. 햇보리가 나오려면 아직 멀었는데 먹을 것이 없다. 동네마다 풀뿌리, 나무껍질까지 남아나지 않았다. 누렇게 들뜬 아이들 얼굴, 누런 흙빛만 남은 숲과 들판, 온 세상이 부황浮黃에 걸렸다. 보릿고개다.

이런 다급한 시기에 숲 언저리에서 자태를 드러내는 떨기나무의 존재란? 속절없이 먹을거리로 보였을 것이다. 작은 꽃이 다닥다닥 핀 모양이 마치 좁쌀을 튀겨놓은 것 같다고 하여 조밥(팝)나무이다. 가느다란 줄기의 흰 속살이 국수 가락 같다고 국수나무이다. 그 시절 숲에서 봄을 예찬하는 것은 사치였으리라. 조팝나무, 국수나무로 허기를 달래던 애환을 새긴다.

우리 꽃들에게서 나아갈 길을 만난다. (위) 참꽃마리, 개별꽃, 괭이눈, 각시붓꽃.
(아래) 노루귀, 꿩의바람꽃, 얼음새꽃, 청노루귀.

(위) 봄맞이꽃, 양지꽃, 주름잎, 현호색, (아래) 벌깨덩굴, 매발톱, 구슬붕이, 얼레지.

"소상강 기러기는 가노라고 하직하고 / 강남서 나오는 제비는 왔노라고 현신現身하고 / 조팝나무에 비쭉새 울고 / 함박꽃에 뒤웅벌이오." 《별주부전》에서 별주부가 육지에 올라 주변 경치를 묘사한 구절이다. 겨울 철새인 기러기도 떠나고 제비가 돌아왔으니 봄이다. 조팝나무까지 등장했으니 별주부가 본 것은 분명 봄의 풍광이다.

숲 언덕 군데군데 모자이크된 하얀 조팝 다발이 아지랑이와 겹친다. 새하얀 꽃 무리들의 자태가 초록 잎사귀를 배경으로 유난히 해사하다. 젊은 연인 한 쌍의 발걸음이 더해지니 마치 영화 속 한 장면 같다. 심장이 두근두근! 뭐든지 다 해주고 싶은 심정이겠지. 느닷없이 흐드러진 꽃가지 꺾어 다발을 만든다. 웬만한 플라워 숍 꽃다발에 뒤질 게 없어 보인다. 함부로 꺾지 말라고 해야 하는데, 참는다. 그래, 서로 오래오래 사랑하면서 잘 살아라. 둘 사이에 비밀 이야기들이 조팝나무 꽃다발 속으로 스며든다.

조팝나무가 조밥을 묘사했다면, 쌀밥을 묘사한 나무도 있다. 이팝나무이다. 왕조 시대 민초들에게 쌀밥은 그림의 떡이었다. 쌀밥은 그저 왕족인 이李씨와 양반만이 먹는 것으로 알고 산 사람들이다. 계급의 세습, 부와 권력의 세습에 굴종했으니 먹는 것조차 세뇌당했다. 그래서 이씨들의 밥, 이밥(팝)이다. 봄이 끝나갈 무렵 짙은 초록 잎 위로 새하얀 꽃 무리들이 수북이 피어나는 나무, 그 자태가 사기그릇에 고봉으로 담긴 흰쌀밥 같다. 그래서 이팝나무이다.

"제사 덕에 이밥"이라고, 제삿날이나 구경할 수 있었던 흰쌀밥

산조팝나무와 참조팝나무 꽃들이 숲길에서 해맑다.

이다. "목구멍이 포도청"이라고, 풀뿌리와 나무껍질로 연명했다. 소화되지 않은 섬유질이 항문을 빠져나오려니 얼마나 힘들었겠는가? "똥구멍이 찢어지게 가난했다"라는 말이 어찌 헛말이었겠는가. 민초들에게 이팝나무 꽃밥은 현실 타파의 절규였으며, 자식들에게만은 가난을 대물림하지 말자고 다짐하고 다짐한 결의의 상징이었다. 우리나라가 쌀 자급자족을 이룬 시기는 1970년대 후반이다. 그때 등장한 다수확 벼 품종이 바로 통일벼다. 나중에 밥맛이 떨어진다는 이유로 후속 품종에 자리를 넘겨주었지만, 우리나라 사람들에게 쌀 맛을 알게 해준 주인공이었다. 덕분에 쌀밥을 먹기 시작했다.

국수나무는 숲 언저리를 지켜온 어머니의 초상이다. 처참하던 동족상쟁, 극심한 생활고, 그리고 베이비붐. 자식을 참 많이도 낳았지. 오죽하면 둘만 낳아 잘살아보자는 운동까지 했을까. 고난의 베이비부머들이다. 굶기지 말자! 누구 땅인지도 모른다. 자갈밭이

국수나무는 어머니의 초상이다.

라도 갈아 옥수수, 조, 수수, 귀리, 메밀, 감자, 메주콩…… 닥치는
대로 심었다. 허기진 배는 사발 물로 채웠다. 호미에 걸리는 크고
작은 돌멩이들은 궁핍에 얹힌 덤이었다. 캐내고 또 캐내도 나왔다.
지긋지긋한 가난을 악물어 던졌다. 어느새 국수나무 덤불 옆에 돌
산이 하나 생겼다.

〈국수나무〉

국수나무! 이 나무 없는 산 없고
상앗빛 꽃잎 다섯 장
작디작은 꽃들 떼로 몰려

밀원蜜源에 맛들인 벌들의 환호성
그래도 눈길 하나
이름 하나 불러주지 못했으니

무성한 덤불, 그저 잡목으로 숲을 경계했을 뿐
가는 가지 여린 껍질 벗어던지니
하얀 가닥 길게 뽑혔던가

주려 잠든 아이
해진 흙저고리 품으로 어르고
꿈이나마 국시로라도 배불리 했으면

그 세상을 너와 더불어 건넜다.

　아이도 어미의 설움에 침묵했다. 풀씨죽이라도 끓여 먹여야 했
다. 국수나무 한 솥 삶아 김치 국물에 말고, 고추장에 비벼도 먹는
다. 고단에 지쳐 잠든 긴긴밤, 꿈속에서 만난 밥상이었다. 참 아득
한 시절 이야기이다. '국수나무'라는 이름으로 간판을 내건 국수
전문점에 들른다. 맛나게 잔치국수 한 그릇 비우고, 주인장에게 국
수나무 전설을 들려준다.

산수국

조팝나무, 국수나무 숲길을 지나 숲 안쪽으로 들어간다. 울창한 나뭇가지 사이를 비집는 빛줄기가 은구슬 가득한 꽃쟁반을 밝힌다. 우리 숲을 지키는 대표적인 떨기나무 산수국山水菊이다. 산에 피는 수국이라 하여 산수국이다. 숲 계곡 주변으로 그늘지고 물기가 많은 곳에서 잘 자란다. '산에서 물 좋아하고, 국화를 닮은 꽃을 피우는 나무'로 기억하자.

산수국 꽃쟁반 가장자리를 수놓고 있는 큰 꽃잎은 실은 꽃이 아니다. 잎이 변해 만들어진 가짜 꽃, 가화假花이다. 꽃쟁반 가운데 좁쌀 같은 꽃 하나하나가 암술과 수술을 가진 갖춘꽃이다. 참 초라해 눈길 한 번 받지 못하게 생겼다. 벌과 나비를 유혹할 만한 매력이 있어야 하는데, 저렇게 조잡해서야 나비는커녕 나방 한 마리 안 오게 생겼다. 하지만 주변을 둘러싼 하얀색 가짜 꽃들이 벌과 나비를 불러들인다. 연극으로 치면 주인공 역할을 보필하는 명품 조연이다.

산수국 가화는 가짜이나, 산수국의 대를 잇게 해주는 킹메이커인 셈이다. 숲에서 산수국을 만나면 조연 역할이 얼마나 중요한지 말해주자. 주역을 도와 극 전체를 빛나게 해주는 사람. 주인공에게 대중의 시선이 집중될 때 묵묵히 다음 장면을 준비하는 조연에게

박수를 보낸다. 나는 내 주변 사람들을 얼마나 빛나게 해주고 있는가? 나는 받으려고 하면서 남을 대우해주는 데 소홀하지는 않았는지 되돌아본다. 옆에 있는 사람이 빛나도록 자신을 낮추는 사람, 그런 사람이 많아지는 세상을 그린다.

키 작은 나무들이 초록을 더해가면서 키 큰 나무들도 잎눈을 열기 시작한다. 뽀송뽀송 모양을 드러내는 한 잎 한 잎마다 희망을 담고 있다. 파스텔 톤 초록빛이 티 없이 맑고 아름다운 풍광을 선사한다. 이 초록이란 게 실은 나뭇잎에서 폐기廢棄된 빛을 보는 것이다. 엽록소가 빨간색과 파란색 파장의 빛을 흡수하고, 초록색 파장의 빛은 반사하기 때문이다. 빨간색을 폐기한다고 생각해보라. 세상이 온통 시뻘겋겠지. 참 다행이다.

초록 세상 덕에 쌓인 응어리가 다 풀린다. 사월 산천초목이 이토록 눈이 시리게 찬란한데, 어찌 노래하지 않을 수 있겠는가. 그리운 사람도 그려보고 손 편지도 써본다. 이 좋은 계절! 하릴없이 시간을 보내는 게 아깝지 않은가. 너무 검푸르러지기 전에 숲으로 가보자.

참 어설펐지만, 철학이 어떻고 사상이 어떻고 하면서 낭만을 논하던 때가 있었다. 그 시절 엘리엇T. S. Eliot의 《황무지The Waste Land》에서 '사월은 잔인한 달'이라는 카피를 많이도 읊었지. "사월은 잔인한 달. 죽은 땅에서 라일락을 피워내고, 기억과 욕망을 뒤섞으며, 봄비로 잠든 뿌리를 깨워내는……." 황무지에서 생명의 봄을 부활시키는 사월이 엘리엇에게는 잔인할 정도로 격정적이었을 것이다. 우리도 이 심상으로 사월 생명의 숲에서 지속 가능한 희망의 일상을 만들면 좋겠다. 다 함께 힘을 모아 더 좋은 세상 환희의 꽃을 피우자. 꽃들의 미소가 연초록 햇살 속에 반짝인다. 내가 품은 마음 꽃도 초록 세상에서 빛난다.

신갈나무 새 잎은 초록빛 희망이다. 누구나 삶은 찬란하다.

꽃들의 미소가 초록 위에 반짝인다. 내 마음도 밝아진다.
(위) 야광나무, 가막살나무, (아래) 고광나무, 분단나무.

사월 숲은 초록 세상이다. 너무 검푸르러지기 전에 숲으로 가보자.

오월이 ——

청춘을 부른다

나무마다 잎눈을 열어젖힌다.

숲길이 솜털 뽀송한 연둣빛 잎사귀로 채워진다.

오월이 청춘을 불러 모은다.

생각을 게을리했다면 존재하지도 못했겠지.

세상을 읽고 나아갈 방향을 정하고,

진심을 다해왔기에 나무는 지금을 산다.

"송화松花 가루 날리는 / 외딴 봉우리 / 윤사월 해 길다 / 꾀꼬리 울면 / 산지기 외딴집 / 눈먼 처녀사 / 문설주에 귀 대이고 / 엿듣고 있다." 박목월의 〈윤사월〉이다. 노란 송화 바람을 배경으로 산골 전원의 봄날 서경을 그려본다. "다음 중 청록파 시인이 아닌 분은? ① 조지훈 ② 박두진 ③ 박목월 ④ 김소월" 학창 시절 단골로 등장하던 시험문제이다. 지금이야 사고력을 요하는 평가 시험이 대세이지만, 그때는 참 단순한 암기식 사지선다형 문항이 주를 이루었다. 주입식 교육으로 생각도 규격화되던 시절이었다. 송홧가루 날리는 학교 솔숲에서 이 시를 배웠다면 감정이입이 절로 되었을 텐데 하는 생각이 든다.

그 시절 베이비부머들의 공부가 60~70명 빼곡히 들어찬 콩나물

소나무 수꽃의 꽃가루가 짝을 찾을 채비를 한다. 송화 바람이 분다.

교실에서 선생님의 사랑의 매(?) 하나로 일사불란할 때이니 참으로 각박하고 건조했다. 어찌 창의적 사고와 감성적 영감이 있었겠는가? 10~20명 아이들이 앉아 있는 지금의 교실을 본다. 지식만 주고받는 교실이 아닌, 아이들과 선생님이 함께 생각을 나누면서 내일을 준비하는 교실, 그런 교실을 소망한다.

송홧가루는 소나무의 꽃가루, 동물로 치면 수컷의 유전자를 운반하는 정자에 해당한다. 온 숲을 샛노랗게 뒤덮은 송화 바람 속에 얼마나 많은 꽃가루가 날고 있을까? 소나무는 왜 저렇게 많은 꽃가루를 만들었을까? 그리고 얼마나 많은 에너지를 쏟아부었을까? 윤사월 풍광을 엿들어야 하는 눈먼 처녀의 애처로움이나, 짝을 찾아 바람에 실리는 송홧가루의 절실함이나 다를 바 없다.

저 무수히 날리는 꽃가루 중 몇 개가 암꽃에 닿을 수 있을까? 복권 당첨될 확률보다도 훨씬 더 희박하다. 그러니 많이 만들어야 한다. 암수가 만날 확률이 낮으니 꽃가루를 많이 만드는 쪽으로 더 많은 에너지를 투자했다. 비록 비효율적이지만 자손을 남기기 위한 선택이고, 그것이 소나무의 유전적 결정이다. 이것이 어찌 소나무만의 일이랴. 동식물을 망라한 수컷 모두가 짊어진 운명이다. 짝을 만나기 위한 처절한 사투가 탄생 이전의 시간부터 시작되고 있었던 것이다. 그렇게 치열하게 태어났으니 사랑하고 또 사랑하자. 나를 사랑하고, 너를 사랑하고, 우리를 사랑하자. 삶에 파묻혀 때론 잊고 있었더라도 송홧가루 날리는 윤사월이 되면 '사랑합시다!'를 되새겨보자.

자손을 남기는 일련의 과정을 생식生殖, reproduction이라 한다. 학창 시절 생물 시간에 유글레나, 짚신벌레, 아메바 등을 많이 외웠다. 이들이 성장하면 몸이 둘로 갈라져 개체 수가 늘어나는데, 이를 이분법이라 했다. 히드라, 말미잘의 출아법도 외웠다. 몸의 일부분에서 돌기가 자라나 떨어지면 새로운 개체가 된다. 식물로 말하면 줄기나 뿌리의 일부를 잘라 심는 꺾꽂이인 셈이다. 버섯, 고사리, 이끼 등은 포자로 개체 수를 늘려 포자법이라 했다. 이들은 모두 암수 구별이 없는 생식으로 무성생식이라 배웠다.

지구상에 꽃 피는 식물이 등장한 것은 지금부터 1억여 년 전 중

졸참나무 수꽃

생대 후반이다. 그 이전의 식물 대부분은 제 몸의 일부를 분리시켜 새로운 개체를 만드는 무성생식을 했다. 지금처럼 갖은 노력을 다해 짝을 찾을 필요가 없었으니 참 간편하고 좋았겠다.

하지만 무성생식은 유전적으로 허약하다. 무성생식으로 만들어진 개체는 세대 간에 유전적 조성이 동일하다. 이러한 집단을 클론 clone이라 한다. 이들은 갑작스러운 환경 변화에 적응하지 못하고 모두 절멸하는 치명적 약점이 있다. 그래서 지구상의 생명체들은 교훈을 얻었다. 살아남기 위해 유전자를 섞자고. 그리하여 암수를 구별하고 꽃을 피우고, 그렇게 짝을 통해 유전자를 섞었다. 자손이 보다 우량한 유전적 인프라를 갖추도록 다양성을 받아들이는 지혜를 발휘한 것이다. 바로 유성생식이다.

그럼으로써 세대 간 생존 확률이 높아지고 유전자의 진화도 이루어졌다. 유성생식으로 생명의 연속성에 패러다임 전환이 이루어진 것이다. 인류 진화 역사에도 많은 터닝 포인트가 있었지만, 꽃의 혁명에 비할 바 못 된다. 식물이 이룩한 꽃의 혁명으로 지구상에 생물종 다양성이 풍부해지고, 지금의 우리가 있는 것이다.

소나무는 암꽃과 수꽃이 한 나무에서 한 뭉치로 핀다. 수꽃이 아래에, 암꽃이 위에 핀다. 살랑살랑 바람만 불어도 어마어마한 꽃가루가 날리는데, 제 암꽃에 제 꽃가루가 앉으면 큰일이다. 근친결혼이 되어버린다. 혈연관계가 가까울 경우, 어느 한쪽이 열성유전자를 가지면 다른 한쪽도 열성유전자를 가지고 있을 확

소나무 암꽃

률이 높다. 이들 열성유전자가 쌍으로 만나면 부모 세대에 잠재되어 있던 비정상 형질이 자손에게서 발현된다. 친족결혼이 유전적으로 취약한 이유이다.

600여 년 결혼 동맹으로 유럽 전역을 통치한 합스부르크 왕가의 초상화를 보면 대부분 아래턱이 길다. 가문의 순혈주의를 강조해 근친결혼을 장려하다 보니 긴 아래턱이 열성유전으로 대물림된 것이다. 일명 주걱턱이라 부르는 유전병 '합스부르크 립Habsburger Unterlippe'이다. 권력을 유지하기 위한 욕심이 유전적 재앙으로 이어지고, 급기야 멸족까지 되었으니 왕가의 위세가 허망할 따름이다. 지금이라면 양악 수술이라도 할 텐데, 생명의 질서를 무시한 과욕이 얼마나 큰 폐해로 이어지는지 보여주는 사례이다.

소나무도 예외가 아니다. 꽃가루를 아무리 많이 날려 보내도 자기 암꽃에 닿으면 말짱 허사이다. 그것은 무성생식과 다를 바 없다. 그럴 바에야 제 몸을 떼어서 자손을 만드는 것이 낫지. 하지만 소나무는 현명하다. 아래쪽 수꽃이 익어 꽃가루가 날아가고 나서야 비로소 암꽃이 핀다. 그렇게 늦게 핀 암꽃 위로 다른 소나무에서 만든 꽃가루가 날아와 앉는다. 꽃 피는 시기를 조절하여 근친 간의 수정을 회피하는 전략을 택한 것이다.

생각을 게을리했다면 지금 존재하지도 못했겠지. 환경 변화를 감지하고 진화의 방향을 읽었기에, 그리고 부지런히 방책을 마련하고 변신을 거듭해왔기에 소나무는 지금을 살아가고 있다.

"인순고식 구차미봉因循姑息, 苟且彌縫 / 천하만사 종차휴괴天下萬事 從此隳壞." 연암 박지원의 둘째 아들 박종채가 쓴 《과정록過庭錄》에서 연암이 아들에게 전한 말이다. 낡은 관습에 젖어 당장의 편안함만 취하고, 일을 대충대충 임시변통으로 때우는 행태를 경계하라는 가르침이다. 변명과 핑계를 일삼으며 자기만의 옹고집 굴레에서 자기도취하고 있지는 않은가? 그저 남이 해놓은 것에 무임승차하고, 좋은 게 좋은 거야 하면서 순간순간을 모면하고 있지는 않은가? 소나무가 그러했다면 벌써 소멸했을 것이다. 명분만 주장하면서 뜬구름 잡듯 살지 말자. 구체적 전략을 가지고 자발적으로 실천하는 사람이 필요한 세상이다. 소나무가 전하는 메시지는 아주 단호하다. "정통하게 살자!"

소나무를 보면서 의리를 이야기한다. 늘푸른나무로 사람 곁을 지키고 있기 때문일 것이다. "이 몸이 죽어가서 무엇이 될고 하니 / 봉래산 제일봉에 낙락장송落落長松 되었다가 / 백설이 만건곤滿乾坤할 제 독야청청하리라." 소나무와 함께 의리를 사수死守한 사육신 성삼문의 독백이다.

사람 사이에 신뢰가 박약하고, 배신을 밥 먹듯이 하는 세상이 두렵다. 조금 내려놓으면 그런대로 살 만한 세상인데, 자꾸만 각박해지는 세태가 참으로 안타깝다. 사람이 소중한 세상이다. 인순고식하거나 구차미봉하지 말고, 시대를 읽고 공부하면서 함께하는 사람들과 의리를 지키자.

소나무의 한자 표기는 '송松'으로, 벼슬이 있는 나무 '목공木+公'이다. 전국시대 진시황이 열국을 제패하고 귀환하는 도중 나무 밑에서 잠시 쉬었는데, 고마움을 표하기 위해 그 나무에 솔 송松이라는 벼슬을 내렸단다. 믿거나 말거나 이름의 유래부터 왠지 부티가 난다. 그래서인지 소나무는 시대를 휘어잡던 기득권층에게 양반나무로 대우받았다. 실제로 그들만이 소나무를 독점하고, 백성이 함부로 접근하지 못하도록 제재하곤 했다.

우연이겠지만 소나무의 생육 특성도 배타적이다. 실제로 소나무 주위에는 다른 초목이 자라기 어렵다. 송진 성분을 비롯해 소나무에서 분비되는 탄닌이나 페놀류 방어 물질이 다른 초목이 싹트는 것을 방해하기 때문이다. 이를 타감작용他感作用, allelopathy이라 한

다. 타감작용이라는 기제가 양반이 만들어놓은 계급적 멍에와 연결되는 듯해 왠지 어색하기는 하다. 소나무 나름의 생존 전략이니 널리 이해하자.

겨울이 끝나갈 무렵이면 집집마다 처마 밑에 쌓였던 땔감이 바닥을 드러낸다. 어찌했겠는가? 산지기 감시가 뜸한 해 질 녘, 얼어붙은 눈 골짜기 기어올라 생솔가지 한 지게 해오는 것이 다반사였다. 아궁이 앞에서 생솔 타는 매운 연기 마시며, 솔가지 껍질 안쪽의 속살을 발라 먹기도 했다. 집집마다 시꺼먼 연기가 굴뚝 위로 어둠을 가르니 온 동네 골목이 아궁이였다. 그 시절! 양반들에게 대우받던 고매한 소나무, 그런 소나무는 없었다.

소나무는 잎이 바늘처럼 뾰족하고 긴 바늘잎나무, 침엽수針葉樹이다. 우리 숲에서는 소나무, 리기다소나무, 잣나무가 침엽수를 대표한다. 소나무는 바늘잎이 두 개로 보통 줄기가 붉고 껍질이 거북등처럼 갈라진다. 특히 태백 준령에 자라는 소나무들이 보다 붉고 줄기도 곧으며 크게 자라 금강송이라 한다. 궁궐의 대들보로 사용한 나무가 바로 금강송이다.

바닷가에서도 방풍림 역할을 하는 소나무 숲을 볼 수 있다. 이들은 산에 자라는 소나무보다 잎이 억세고 껍질이 시꺼멓다. 원래 검다는 뜻에서 검솔이었는데, 시간이 지나면서 곰솔로 불리게 되었다. 리기다소나무의 고향은 본래 북아메리카로, 생장 속도가 빨라 일제 수탈로 황폐해진 마을 숲을 되살리는 데 사용한 나무이다. 잎이 세 개로 소나무보다 잎 길이가 짧고, 줄기에도 잎눈이 있어 바늘잎이 몸체 여기저기 나오는 것이 특징이다. 언젠가부터 이 나무가 크게 자라지 않고 볼품없다고 자꾸 베어내는데, 힘든 시절 우리 숲을 되살려준 나무이니 홀대하지 않았으면 좋겠다.

잣나무는 바늘잎이 다섯 개씩 뭉쳐서 나는 오엽송으로, 청설모의 주요 활동 무대가 되는 나무이다. 그러고 보니 잣을 놓고 사람들과 한판 전투를 벌여야 하는 청설모는 참 힘들겠다. 요리조리 눈치를 살피며 분주한 청설모 재롱이 벌써부터 눈에 선하다. 청설모하면 늘 다람쥐와 견주게 된다. 이들 둘 사이에 경쟁 관계가 있는 것은 아니니 오해하지 말자.

생물학적으로 먹이와 서식지 위치 등을 생태적 지위ecological niche라고 한다. 바로 이 지위가 겹칠 때 생물종 간에 경쟁이 일어난다. 사람도 마찬가지이다. 지금도 지구촌 곳곳에서 먹거리와 삶의 터전을 지키기 위한 전쟁으로 아비규환이지 않은가. 하지만 청설모와 다람쥐는 생태적 지위가 달라 싸우지 않는다. 청설모의 먹이는 잣이나 밤이고, 다람쥐는 도토리이다. 사는 곳도 청설모는 숲 언저리이고 다람쥐는 숲속이다. 청설모는 겨울에도 돌아다니는데 다람쥐는 겨울잠을 잔다. 다람쥐의 심장박동은 1분당 보통 150회 정도인데, 겨울잠을 자는 동안은 4~5회로 줄어든다. 잠시 무대에서 내려와 극단의 미니멀리스트로 사는 셈이다.

오월은 연두의 향연이다. 그래서 신록新綠의 계절인 것이다. 겨우

병꽃나무 꽃잎

내 조용하던 넓은잎나무마다 물을 길어 올리고 잎눈을 연다. 솜털 뽀송한 연둣빛 잎으로 청춘靑春을 부른다. "청춘, 이는 듣기만 하여도 가슴이 설레는 말이다. 청춘, 너의 두 손을 가슴에 대고 물방아 같은 심장의 고동을 들어보라." 창공을 가득 메운 신갈나무 잎사귀 실루엣 사이로 민태원의 〈청춘예찬〉을 만난다. 이보다 경이로울 수는 없다. 영원할 것도 없고, 집착할 것도 없다. 잠시 머물다 가는 세상이다. 지금 이 청춘에 감격하지 못하고, 무엇을 좇고 있단 말인가.

"신록을 바라다보면 / 내가 살아 있다는 사실이 / 참으로 즐겁다 / 내 나이를 세어 무엇하리 / 나는 지금 오월 속에 있다." 피천득의 〈오월〉에서도 청춘을 만난다. 신록 사이로 만발한 병꽃나무들이 숲길에 청춘을 더한다. 웃음 가득한 오월, 숲으로 가자. 연두를 만나고, 청춘도 만나며 존재의 기쁨을 만끽하자.

오월은 청춘이다. 오월 숲에서 연두를 만나고, 청춘을 만난다.

여름

참나무처럼

살아간다

참나무는 사람에게 이로운 나무, 쓸모가 많은 나무이다.

잎, 줄기, 열매 어느 것이든 살아서도 죽어서도

버릴 것 하나 없는 참 좋은 나무이다.

짙푸른 산들이 가까운 곳에서 멀리까지 중첩되고,

굽이굽이 청량한 소리가 살아 굽이친다.

이곳 산정에서 세상 모든 희열을 다 만난다.

참나무는 이름 그대로 참 좋은 나무, 사람에게 이로운 나무이다. 소나무가 양반 나무라면, 참나무는 민초들의 나무이다. 잎, 줄기, 열매 어느 것이든 살아서도 죽어서도 버릴 게 하나 없는 쓸모가 많은 나무이다. 속명屬名도 라틴어로 '아름다운 나무'를 뜻하는 Quercus로, 동서양 어디에서나 좋은 나무로 인식하고 있다.

참나무가 얼마나 고마운 나무인지 서양 사람도 잘 알고 있다. "젊어서나 늙어서나 참나무처럼 살아라. 봄에는 눈부신 금빛으로 살고, 여름에는 풍성하게, 가을이 오면 다시 더욱더 맑은 금빛으로 살아라. 잎사귀 모두 떨어지더라도, 벌거벗은 줄기와 가지만으로도 힘이 있는 삶을 살아라." 시인 앨프리드 테니슨Alfred Tennyson이 노래한 〈참나무The Oak〉이다. 앨프리드의 참나무는 사계절 어느 때이든 존재의 이유에 답한다. 그리고 쓸모 있게 살자는 메시지를 사람 세상에 전한다.

솥단지에 여물을 가득 담고 아궁이에 장작불을 지핀다. 다른 나무들이 성냥개비 타버리듯 후다닥 사라진 후에도 유난히 화력이 좋고 오래 타는 나무가 있다. 바로 참나무이다. 참나무는 연기도 나지 않으면서 은근하게 오래 탄다. 나무 조직이 치밀하고 재질이 단단하기 때문이다. 솥단지에서 쇠죽 끓는 소리가 요란할 즈음, 아궁이는 황금빛으로 가득해진다. 참나무 숯이 만들어내는 불꽃놀이이다. 숯불 위에 무쇠 불판을 올려 김치전도 부치고, 청국장 뚝배기도 데우고, 고구마도 어슷하게 썰어 구워 먹곤 했다. 비록 지금처럼 삼겹살 바비큐는 엄두도 못 냈지만, 그런대로 유기농 숯불구이를 해 먹은 셈이다.

그래도 마지막까지 불이 꺼지지 않아 물을 끼트려 끄곤 했다. 그렇게 남은 숯을 어머니는 간장독, 된장독에 넣어두었다. 숯에서 방출되는 원적외선과 음이온이 발효 세균이나 곰팡이를 활성화했을 테고, 산성을 중화해 숙성이 잘되도록 했겠지. 무슨 레시피가 있었겠는가. 비록 문자로 배운 적은 없어도 어머니의 어머니를 통해 대를 이은 유산으로 통달하고 있었던 것이다. 탄소 덩어리인 숯이 장의 발효를 촉진하고, 숯이 지니고 있는 미네랄이 장에 풍미를 더해준다는 실용 과학. 이 땅의 어머니들이 밝혀낸 참숯의 과학이다.

그렇게 화력이 좋은 나무를 때려면 숲에서 참나무를 베어 와야

아름드리 굴참나무가 눈부신 금빛으로 살라 한다.

했다. 하지만 한겨울 숲속에서 불쏘시개로 쓸 만한 나무를 발견하기란 쉽지 않다. 웬만큼 자란 나무들은 겨울이 오기도 전에 이미 가정집 처마 밑으로 불려갔기 때문이다. 커다란 참나무 앞에서 이 나무를 벨까 말까 망설이던 기억이 되살아난다. 톱을 댔다 떼었다. 도저히 벨 수가 없었다. 소년의 속내를 휘감는 '이 나무가 나보다 훨씬 어른이고 나보다 더 존중받아야 한다'는 경외감이랄까. 그렇게 소년을 압도하는 위용이 있었다. 이리저리 숲을 배회하다가 다썩은 나무뿌리 몇 개 망태에 얹어 집으로 돌아오곤 했다. 그래도 마음만은 뿌듯했다.

학교 진입로를 지키던 커다란 측백나무 한 그루가 있었다. 어느 날 가로등 불빛을 가린다는 이유로 사다리차를 끌고 와 베겠다고 요란스러웠다. 어린 그 시절 참나무 앞에 서 있던 소년의 마음이랄까. 나무의 대리인이 되어 항변했다. 이 나무가 우리보다 더 오랫동안 이 자리를 지키고 있었고, 이 길을 오간 수많은 아이들과 동고동락했다. 나무가 이 길의 주인이다. 가로등이 무슨 점령군도 아니고, 어찌 수십 년 길을 지켜온 나무를 능멸한단 말인가. 결국 가지를 정리하는 선에서 마무리했다. 그렇게 측백나무는 지금도 그 자리를 지키고 있다.

참나무는 도토리나무이다. 참나무에서 열리는 열매를 통칭해 도토리라 부른다. 관습적으로 열매가 뾰족하고 볼품없어 보이면 도토리, 크고 둥글둥글 튼실하면 상수리로 이름을 달리하여 부르기도 했다. 이제 바로잡으면 좋겠다. 참나무의 한 종류로 상수리나무가 있지만, 열매를 상수리라 부르는 것은 바로잡자. 상수리나무에서 열리는 열매도 도토리이다.

우리 숲에서 만나는 도토리나무로 졸참나무, 갈참나무, 굴참나무, 상수리나무, 신갈나무, 떡갈나무가 있다. 이를 참나무 여섯 형제라 한다. 이들은 잎의 크기와 모양, 잎자루, 나무껍질의 특징, 도토리의 크기 등으로 구별한다. 우선 참나무 여섯 형제는 잎자루의 형태에 따라 크게 두 부류로 나눈다. 졸참나무, 갈참나무, 굴참나무, 상수리나무는 잎자루가 있다. 신갈나무와 떡갈나무는 잎자루가 거의 없다.

졸참나무는 여섯 형제 중 잎의 크기가 가장 작다. 도토리도 가장 작고 뾰족하다. 군대에서 신참을 졸병이라 하듯이, 참나무 무리에서는 이 나무가 졸병인 셈이다. 그래서 졸참나무이다. 그렇다고 해서 졸참나무를 정말로 왜소한 참나무로 오해하면 안 된다. 숲에서 만나는 참나무 여섯 형제 각각의 몸체는 기본적으로 비슷하다.

갈참나무는 잎이 크고 잎 가장자리가 물결 모양이다. 잎 뒷면이 회백색으로, 초록색인 졸참나무와 구별된다. 갈참나무는 가을 숲을 빛나게 해주는 나무이다. 붉나무, 개옻나무, 단풍나무가 빨강 숲을 만드는 주인공들이라면, 갈참나무는 노랑 숲을 만드는 주인공이다. 금빛 가을 숲의 가을 참나무, 그래서 갈참나무이다.

굴참나무와 상수리나무는 도토리가 크고 둥글다. 유년 시절 구

졸참나무는 작은 잎과 뾰족한 도토리로 내일을 만난다.

슬치기, 공기놀이를 할 때 사용하던 바로 그 도토리이다. 굴참나무의 나무껍질은 우리 숲에서 가장 눈에 띈다. 푹신푹신 탄력이 있는 코르크 껍질이 나무줄기를 두툼하게 감싸고 있다. 와인병의 코르크 마개를 생각하면 된다. 껍질 사이사이로 골이 깊게 파여 골참나무, 그렇게 굴참나무가 되었다. 상수리나무도 코르크가 있기는 하지만, 굴참나무에 비해 빈약하고 딱딱하다. 굴참나무와 상수리나무의 잎은 서로 많이 닮았다. 둘 다 잎이 피침형으로 가장자리에 잔가시가 있어 밤나무 잎과 유사하다. 잎 뒷면이 굴참나무는 회백색이고, 상수리나무는 연초록색이라는 점에서도 구별된다.

　상수리나무를 이야기하려면 우리의 절망과 일본의 탐욕을 만나야 한다. 임진왜란으로 의주까지 피란한 조선의 임금 선조, 얼마나 춥고 배고팠을까. 먹을 것이 없어 상궁들이 도토리로 묵을 쑤어 수라상에 올렸다. 임금이 맛나게 먹었고, 한양에 돌아온 이후에도 즐겨 먹었단다. 임금 밥상에 먹거리로 오른 수라상나무, 그렇게 상수리나무가 되었다.

위정자들은 사리사욕으로 배를 불리고, 정치는 당파 싸움으로 오합지졸이었다. 그렇게 왜란이 일어나고 나라가 짓밟혔다. 그때가 1592년이었는데, 1910년에도 똑같은 형태로 나라를 빼앗겼다. '역사는 되풀이된다'는 교훈이 다른 나라 이야기가 아니다. 책무는 팽개치고 탐관오리만 넘쳐나던 부패 공화국의 말로였다. 일은 위정자들이 저질렀는데, 빼앗긴 나라는 누가 되찾았는가? 이름도 남기지 못하고 의병으로 산화한 민초들이었다. 지금은 어떠한가? 저마다 시대를 읽고 자기 역할을 잘하고 있는가? 오히려 더 열렬히 자기 몫을 챙기는 데 급급하지 않은가? 상수리나무가 엄동설한에 묵 한 사발로 허기를 달랬던 임금 선조를 부른다. 오욕의 역사, 전쟁의 참사가 더 이상 반복되지 않아야 한다. 공부하면서 깨우치고, 실천하는 데 게으름이 없어야겠다.

문득 초등학교, 그때는 국민학교였지. 소풍 갈 때 싸 간 음식이 생각난다. 묵 도시락에 삶은 밤과 옥수수가 특선 음식이었다. 온통 탄수화물 덩어리이다. 그러니 덩치가 다들 고만고만했지. 그때는 배 나온 사람 만나기가 쉽지 않았다. 매 끼니 단백질에 지방이 가

신갈나무 도토리와 잎

득한 반찬을 먹는 요즈음 아이들에게는 전설 같은 이야기이다. 오늘 식탁 위에는 도토리묵밥이 별미로 자리 잡는다. 더불어 고단했지만 순박하던 유년 시절의 사연도 식탁 한편에 자리 잡는다.

　신갈나무와 떡갈나무는 잎자루가 없고, 잎이 크고 넓은 점이 닮았다. 더운 여름철 산행에 부채로 제격이다. 신갈나무 잎은 떡갈나무 잎에 비해 크기가 좀 작고 잎 가장자리의 물결 모양도 좀 왜소하다. 잎 뒷면에 잔털이 있으면 떡갈나무, 없으면 신갈나무이다. 짚신을 신고 먼 길을 다니던 시절, 짚신이 푹신하도록 바닥에 잎을 깔고 다녔단다. 그래서 신갈, 신갈나무이다.

　청운의 꿈을 품고 과거길에 오른 선비가 그려진다. 문경새재 숲길에서 앞서거니 뒤서거니 걸음을 재촉하는 뒷모습이 고단하다. 가는 걸음은 그렇다 치더라도 오는 걸음을 기약하고는 있는지. 그날로 들어가 전하고 싶다. "너무 힘들지 않기. 그 대신 할 수 있는 만큼 최선을 다하고 만족하기." 오늘 나도 신갈나무 잎 몇 장 신발 바닥에 깔고, 떡갈나무 잎 한 장을 부채 삼아 꼬부랑 숲길로 들어

떡갈나무가 커다란 잎을 달고 무성하다. 부채로 삼으니 제격이다.

선다. 영락없는 선비이다. 그대와 함께하니 더욱 좋다.

초사흘 밤이 되면 장독대에 시루떡을 올려놓고 치성을 드리곤 했다. 시루떡을 찔 때 시루 바닥에 넓은 잎 한 장 놓고 쌀가루를 얹었는데, 그 잎이 바로 떡갈나무 잎이다. 떡갈나무 잎 한 장 따 오는 것은 내 임무였다. 남은 떡도 떡갈나무 잎으로 싸두곤 했다. 떡시루에 까는 잎을 지닌 나무, 그래서 떡깔(갈)나무이다.

그때 깐 잎이 단순히 쌀가루가 빠져나가는 것을 막는 역할만 한 것은 아니다. 어른들은 떡갈나무 잎이 떡의 풍미를 돋워주고, 떡이 상하는 것을 막아주는 역할을 한다는 것도 잘 알고 있었다. 실제로 떡갈나무 잎에 함유된 탄닌과 플라보노이드는 천연 방부제이다.

유년 시절 구판장에 떡갈나무 잎을 가져다주면 열 장에 얼마씩 쳐 준 적이 있다. 떡갈나무 잎이 찹쌀떡을 싸는 데 요긴해 전량 일본으로 수출한다 했다. 어린 마음에 몇 번 가져간 적이 있는데, 대부분 퇴짜를 맞았다. 하긴 그 당시 떡갈나무 잎이 내 차지까지 왔겠는가. 키 큰 어른들이 다 거둬갔을 것이다.

도토리가 많이 달린 해는 흉년이 들고, 도토리가 적은 해는 풍년이 든단다. 지금이야 저수 시설이 잘돼 있어 웬만한 가뭄에도 끄떡없지만, 하늘만 바라보고 농사짓던 옛 시절의 애타는 이야기이다. 사오월 모내기를 한 벼가 잘 자라려면 물이 많이 있어야 하는데, 비가 오지 않으니 얼마나 애가 탔겠는가. 쩍쩍 갈라지는 논바닥만큼 아버지와 어머니의 가슴도 갈라졌다.

그 시기 참나무는 꽃가루받이를 하는 때이니 비도 안 오고 날씨도 쨍쨍하니 꽃가루받이를 왕성하게 했겠지. 그러니 그 많은 도토리를 만든 것이다. 가뭄으로 농사를 망쳤으니 가난한 농군의 가슴이 얼마나 타들어갔겠는가. 빼곡히 달린 도토리를 보면서 "도토리가 많이 달린 해는 흉년이 든다더니" 되뇌며 망연자실했을 것이다. 그래도 도토리라도 풍년이어서 다행이다. 너도나도 논밭 대신 숲으로 갔다. 그렇게 도토리묵으로 허기를 달래곤 했다.

"유월 하늘 아래 / 줄기 줄기 뻗어나간 / 청산 푸른 자락도 / 다시 한번 바라보자 / …… / 유월은 좋더라, 푸르러 좋더라 / 가슴을 열어주어 좋더라." 덕유산 하늘정원에서 신석정의 〈유월의 노

유월 하늘 아래를 굽어보면 나는 나로서 세상의 주인이 된다.

래)를 부른다. 짙푸른 산들이 가까운 곳에서 멀리까지 중첩되고, 굽이굽이 청량한 생명의 소리가 생동한다. 이보다 더 설레는 유토피아가 어디 있겠는가! 사방팔방 바라보이는 시선 끝까지 나를 향해 경배한다. 온 산의 정기가 나를 감싸고, 순간 나는 세상의 주인이 된다. 이곳 산정에서 세상 모든 희열을 다 만난다.

나뭇잎 사이로 —— 귀 기울인다

칠월 숲은 나뭇잎 소리로 분주하다.

하늘을 가득 채운 잎사귀들이 만드는 스킨십이다.

서걱서걱 여름 소리에 마음이 열린다.

언제 어디서 누구와 일하느냐? 밥벌이의 숙명이다.

우리 모두 그걸 알면서도

정작 주변 사람을 얼마나 힘들게 하는지

남은 아는데 자기만 모른다.

장마전선이 물러가고 북태평양고기압이 한반도를 지배한다. 한여름, 성하盛夏의 계절이다. 무덥고 습한 일상에 열대야까지 기승을 부린다. 불쾌지수가 높아지고, 사람 사이에 다툼도 많아진다. 마인드 컨트롤이 필요한 계절이다. 요즈음 혼술이니 혼밥이니 하면서 혼자 즐기는 문화가 각광인데, 사람들과 민감한 접촉을 삼가고 가능한 한 혼자만의 사색을 즐기는 것도 방책이다. 좋은 책 몇 권과 함께한다면 금상첨화이겠지.

학교든 일터든 정책적으로 낮잠 문화 시에스타siesta를 도입하는 것도 생각해볼 일이다. 이제 '빨리빨리 더 많이'라는 노동집약적 착취 문화를 벗고, 멈춘 듯 보이나 실은 고효율의 생산성을 지향하는 '사람 중심 세상'으로 나아갈 때도 되지 않았는가.

사람들은 찌는 더위를 피해 산으로 바다로 피신한다. 미처 탈출하지 못한 도시인은 백화점이나 영화관을 찾아서 에어컨 바람에 몸을 의탁한다. 이렇게 사람의 인내를 우려내는 폭염을 우리 조상은 어떻게 이겨냈을까? 지금 아이들에게는 상상 초월 미스터리이겠지만, 선풍기 한 대만 있어도 부잣집 소리를 듣던 시절이 있었다.

그 시절에는 동네 어귀에 있는 아름드리나무의 그늘이 마을 어른들의 피서지였다. 어느 제초제 광고가 새겨진 부채 하나씩 들고 장군 멍군 장기를 두며 더위를 쫓던 모습이 생각난다. 외통수에 걸린 말을 보고 훈수하다 등짝을 얻어맞던 일도 생각나고, 가끔씩 장기판이 엎어지기도 했다. 그때는 꽤나 신통하다는 소리도 들었는데…… 그 당시 온 마을 사람을 하나로 모아준 아름드리나무! 바로 그 나무가 동네 사랑방이었고 피서지였다.

동네 어른들은 마을 어귀 아름드리나무를 당산나무라 했다. 당산堂山은 마을의 수호신을 모신 성역이다. 바로 아름드리나무를 마을의 수호신으로 삼아 섬긴 것이었다. 정초가 되면 나무 둘레에 새끼줄을 두르고 빨간 고추, 숯, 마른 명태를 꽂아두곤 했다. 아저씨 아줌마들이 꽹과리며 징, 장구를 치면서 빙빙 돌기도 했다. 사람들마다 두 손 모아 치성을 드리던 모습도 겹쳐진다. 가족의 안녕과 마을의 평화를 기원하는 소박한 마음들이 당산나무에 모였다. 그렇게 이웃 간에 덕을 나누었기에 마을도 무탈하게 지속 가능했을 것이다. 그렇게 알고 있던 아름드리 당산나무, 늘 묵묵히 자리를 지키

고 서 있던 그 나무가 느티나무였음을 한참이 지나서야 알았다.

느티나무, 팽나무, 소나무, 은행나무, 회화나무, 버드나무, 배롱나무, 측백나무, 호두나무……. 우리나라 마을마다 웬만하면 만날 수 있는 나이 많은 나무, 어른 나무들이다. 이 나무들은 높이보다 수관樹冠의 폭이 넓은 게 특징이다. 마을 어귀 벌판에서 다른 나무들과 경쟁할 일도 없었을 테니 위로 자라기 위해 긴장하지 않았을 것이다. 그렇게 수백 년을 살아왔으니 자신의 무게를 견디고 있는 것 자체만으로도 경탄할 일이다. 늘어진 가지를 받치고 있는 지주대가 위태로워 보인다. 나무 몸통 여기저기 시멘트 보강재로 버티고 있는 모습도 안타깝다. 하긴 사람도 의술의 힘을 빌려 인공관절을 이식했느니, 뼈에 철심을 박았느니 하면서 덤으로 살고 있지 않은가. 사람이나 나무나 별반 차이가 없다. 건강하게 나이 들어간다는 것에 대해 생각하게 하는 대목이다.

숲속에서도 마을 어귀에서 본 느티나무, 팽나무를 만날 수 있다. 숲에서 느티나무와 팽나무 이야기를 해주면 항상 의아해한다. 우리 동네 느티나무는 엄청 크고 넓은데, 이 나무는 그렇지 않네요. 옆으로 퍼지지 못하고 위로만 치고 올라갔으니 그럴 만도 하다. 숲을 메우고 있는 나무들이야 빛을 향해 한 뼘이라도 먼저 치고 올라가야 하는 게 현실인데, 어찌 옆을 볼 여유가 있었겠는가. 동네 느티나무처럼 느릿느릿 연륜의 껍질을 남긴다는 것이 숲속 느티나무에게는 사치였을 것이다. 어디에서 태어나 누구와 사느냐가

숲 마을 어귀에서 팽나무의 전설에 귀 기울인다.

얼마나 중요한지 깨닫게 해주는 대목이다. 동네 어귀에 살든 숲속 치열한 경쟁의 전장에 살든 느티나무와 팽나무가 스스로 선택한 것은 아니다. 그러니 숙명이다.

  우리 사람 세상도 일보다는 언제 어디에서 누굴 만나느냐에 따라 삶의 질이 달라진다. 밥벌이의 숙명이랄까. 의도치 않은 곳에서 낯선 사람들과 어울려 일한다는 게 쉬운 일은 아니다. 일터라는 중 압감만으로도 힘든데 사람까지 스트레스를 준다. 실은 사람에게는 사람이 가장 무섭다. 우리 모두 그걸 알면서도 자기가 얼마나 주변 사람을 힘들게 하는지, 남은 아는데 자기만 모른다. 분명 상생의 여건이 갖춰져 있는데도 불필요한 경쟁 에너지를 발산한다. 짚

팽나무 잎(좌)과 느티나무(우) 잎

신벌레, 아메바의 세계에서도 나타나지 않는 특이한 난동이다. 사람들이 단세포동물만도 못하다는 증거이다.

숲에서 만나는 느티나무, 팽나무를 응원한다. 그리고 함께 이웃하고 있는 물푸레나무, 서어나무, 갈참나무, 비목나무, 박달나무, 굴참나무에게도 전한다. "사람들처럼 우매하게 살지 말렴. 지금처럼 서로 배려하고 격려하면서 한세상 눈물 나도록 행복하게 살다 가렴."

계룡산 신원사 초입 양옆에 마주 선 느티나무와 팽나무를 만난다. 사실 느티나무와 팽나무를 구별하는 일도 만만치는 않은데, 가장 쉬운 방법은 잎을 비교하는 것이다. 느티나무 잎은 잎맥이 좌우 예각으로 곧게 뻗어 있고 잎 가장자리에 거치가 많다. 반면, 팽나무 잎은 잎맥이 주맥과 함께 달리고 잎 가장자리에 거치가 거의 없다.

짙은 녹색으로 알알이 달려 있는 팽나무 열매는 검게 익는다. 어릴 적 대나무 마디를 이용해 물총을 만들었다. 헝겊으로 졸대를 팽팽히 두르고 앞뒤로 움직이면 마디 속에 갇혀 있던 물이 쭉쭉 밀려나간다. 그때 팽나무 열매를 잔뜩 따 물속에 넣고 쏘면 유난히도 팽팽 소리를 내며 열매가 발사되곤 했다. 그래서 팽~나무이다. 지금 아이들이 하는 첨단 비비총 놀이의 원조가 바로 팽나무 물총인 셈이다. 열매가 다 없어지면 작은 돌을 넣어 공격하는 꼼수도 부렸음을 고백한다. 어려서부터 잔머리를 썼으니 못됐다. 지금 생각하니 참 위험하게 놀았다.

2000년도를 맞이하면서 밀레니엄 버그, 일명 Y2K라 해서 요란했다. 컴퓨터가 2000년을 00년으로 인식해 각종 전산 장비에 오류가 생긴다고 떠들썩했다. 핵무기가 발사될 수 있고, 비행기 운항에 대혼란이 벌어질 것이라든지……. 그렇게 온갖 불안감이 오고 갈 때 새 천 년을 맞이해 정성을 담을 만한 나무를 심자는 분위기가 형성되었다. 그때 선정된 밀레니엄 나무가 바로 느티나무이다. 우리 조상들이 후손을 생각하며 느티나무를 심고 안녕을 의탁했듯이, 지금을 살고 있는 우리도 느티나무에 진심을 담아 미래를 약속하고 있는 것이다. 대대로 내려온 치성致誠 유전자의 발현이다. 조상이 그랬듯이 우리도 미래에서 온 아이들에게 살 만한 세상을 남겨주어야 한다.

녹색 빛깔이 더욱 짙어진다. 녹음綠陰의 계절! 칠월을 상징하는 어구이다. 녹색으로 잉태된 여름에 녹색이 또 얹었으니 그야말로 녹초가 될 지경이다. 사람 마음이 얄궂다고나 할까, 녹색으로 계시하는 여름의 준엄함에 사람 세상의 위세도 보잘것없다. 겨울 추위에 여름 더위를 그리던 마음은 싹 가시고, 어서 이 더위가 물러가기만을 고대한다. 이럴 때 숲에 안겨 녹색 잔치를 즐기는 사람은 참 현

녹색 숲에서 여름꽃을 만난다.
(위) 털쥐손이, 노랑원추리. (아래) 일월비비추, 말나리.

(위) 큰앵초, 송이풀, (아래) 물레나물, 동자꽃.

층층나무가 작고 무수한 잎사귀로 하늘을 덮는다.

명하다. 숲속 아름드리나무 그늘에 앉아 녹색 잎들이 전하는 바람 소리를 들어보자. 화음을 거드는 박새, 딱새의 하모니도 만나자. 칠월 숲은 녹색으로 빚어낸 판타지이다.

녹색 숲으로 들어가자. 발걸음마다 여름꽃이 지천이다. 동자꽃, 이질풀, 박새, 모싯대, 하늘나리, 말나리, 원추리, 술패랭이, 범부채, 누린내풀, 엉겅퀴, 까치수영, 연영초, 피나물, 민백미꽃, 오이풀, 노루오줌, 쥐오줌풀, 털쥐손이, 송이풀, 일월비비추, 물레나물, 큰앵초, 어수리, 꼬리풀……. 녹색 숲을 빛내주는 여름꽃 출연진이다. 이들이 무릎 아래에서 해사하니 이마에 맺히는 땀방울마저 싱그럽다.

녹색 하늘 틈새로 제각기 다른 잎 모양새로 인사하는 나무들을 만난다. 때죽나무, 서어나무, 까치박달나무처럼 자잘한 잎으로 서걱거리는 나무부터 생강나무, 박쥐나무, 쪽동백나무처럼 커다란

서어나무는 참 부지런하다. 올해도 어김없이 잎과 열매가 가득하다.

잎으로 팔랑거리는 나무까지 언제나 그 자리에서 반긴다. 단풍나무와 상수리나무처럼 잎이 한 장인 홑잎 나무. 굴피나무와 옻나무처럼 잎이 여러 장인 겹잎 나무도 보인다. 겹잎의 배열도 마주난 잎, 어긋난 잎, 돌려난 잎, 모여난 잎 등 나무마다 특징이 있다. 하루아침에 그렇게 됐겠는가. 긴 세월을 거치면서 자신에게 가장 적합한 형태를 취해 오늘날에 이르렀다. 어떻게 하면 빛을 가장 효율적으로 이용할 수 있을까, 어떻게 하면 물과 영양소 운반을 최적화할 수 있을까. 선택과 집중을 반복한 지혜의 유산인 것이다.

그런 의미에서 잎 크기가 작으면서 무수히 많은 잎을 달고 있는 나무들은 참 부지런하다. 큰 잎은 빛을 붙잡는 효율에서 작은 잎보다 불리하다. 위에 있는 큰 잎이 빛을 가려버리면 밑에 있는 잎이 빛을 충분히 받지 못하기 때문이다. 또한 큰 잎은 표면적 대비 부

쪽동백나무 홑잎

피가 커서 물질 수송에도 비효율적이다. 따라서 진화를 거듭하면서 나무들은 잎을 작게 나누는 방향으로 분화해왔다. 부지런히 변신을 거듭해온 것이다. 실제로 숲속 나무들은 대부분 잎이 작다.

그 와중에 유난히 커다란 둥근 홑잎으로 시선을 끄는 나무가 있다. 바로 쪽동백나무이다. 잎이 자잘한 아름드리 서어나무 밑에서 여유를 부리는 모습이 오히려 안쓰럽다. 어서 분발해야 할 텐데, 이러다 진화 열차에서 탈락하는 것은 아닌지 조심스럽다. 사람도 몸매 관리가 초미의 관심사이다. 오늘까지만 먹고 내일부터 시작해야지. 작심삼일이 남의 일이 아니다. 원하는 대로 모든 것이 저절로 되겠는가? 부지런한 사람만이 누릴 수 있는 스포트라이트이다.

생태계에서 생물상이 환경에 적응해 변해가는 일련의 과정을 천이遷移, succession라 한다. 생물이 살기 어려운 황무지에 개척자인 지의류나 이끼류가 들어와 살기 시작하고, 뒤이어 고사리 같은 양치식물이 들어와 유기물을 축적한다. 이렇게 변화된 환경에서 한해살이풀과 여러해살이풀이 자라기 시작하고, 이어서 키 작은 나무들이 살기 시작한다. 시간이 지나면서 키 큰 나무들이 자라기 시작하는데, 먼저 소나무처럼 많은 빛이 필요한 양수림이 대세를 이

룬다. 궁극적으로는 참나무 같은 음수림이 양수림을 추월해 천이의 마지막 단계인 극상極相, climax을 이루게 된다.

이러한 천이 과정에 기후 환경 변화가 큰 요인으로 작용한다. 우리나라도 지구온난화로 봄과 가을이 짧아지고 무더운 여름이 길어지고 있다. 이러다간 아열대기후권에 진입하는 것도 머지않은 것 같다. 식물상의 변화도 심상치 않다. 40~50년 후에도 소나무, 전나무 같은 침엽수가 우리 숲에서 우위를 점할 것으로 장담하기에는 무리가 있다. 그렇다면 어떤 나무들이 천이의 극상을 이룰까? 바로 작고 무수한 잎을 달고 있는 부지런한 나무들이다. 졸참나무와 서어나무가 먼저 떠오른다. 숲에서 이들을 만나면 40~50년 후를 생각하자. 그리고 자기 자신에게 길을 물어보자. 지속 가능한 성장이란 무엇인가?

나무는 잎에서 부단히 이산화탄소CO_2를 흡입하고 뿌리에서 물H_2O을 길어 올린다. 엽록소가 붙잡은 빛 에너지로 이산화탄소와 물을 합성해 포도당$C_6H_{12}O_6$을 만든다. 그래서 광합성이다.

$$6CO_2 + 12H_2O + 빛\ 에너지 \rightarrow C_6H_{12}O_6 + 6O_2 + 6H_2O$$

이 과정에서 산소O_2가 부산물로 배출된다. 이 부산물이 사람의 생존에 절대적일 줄이야! 대기 중에 산소는 21%, 이산화탄소는 0.03%를 차지한다. 덕분에 평균온도 15℃의 지구촌에서 숨 쉬며 살고 있는 것이다. 이 균형이 무너지지 않도록 지구촌 사람 모두 한마음이 되어야 한다.

어디 공기뿐이겠는가. 피톤치드phytoncide는 숲이 주는 덤이다. 피톤치드는 본래 나무가 해충이나 병원균으로부터 자신을 지키기 위해 방출하는 테르펜, 알칼로이드, 글리코시드 성분의 자연 항균 물질이다. 이 물질이 숲 공기를 정화해 사람들의 스트레스 해소와 심폐 기능 강화에 도움을 준다. 열심히 일해준 칠월의 나무들에게 감사를 전한다. 우리 함께 칠월 숲에서 샤워를 하자. 방금 만든 산소로 세포 하나하나를 일깨우고, 정갈한 향기 피톤치드로 머리를 맑게 하자. 칠월 숲에서 나갈 때 우리는 모두 친구가 된다.

하늘 구름에 나를 담는다. 칠월 숲이 만들어준 선물이다.

지금 —— 여백이 필요하다

숲 바닥부터 큰 나무 꼭대기에 이르기까지 팔월 숲이 치열하다.

덕분에 숲길은 아주 시원하다.

이 전장이 사람들에게는 그냥 녹색 잔치이다.

네 덕분에 내가 이렇게 잘됐어.

내 것의 절반은 네 것이야.

내가 이룬 것을 옆 사람과 나누는 지혜,

덕분에 사람 세상이 행복하다.

무더위가 기승을 부린다. 몸도 마음도 끈적이고, 인내심마저 한계에 이른다. 검푸른 잎사귀들도 가쁜 숨을 내쉬며 흐느적거린다. 잎 뒷면에 공기와 수분이 출입하는 문, 기공氣孔이 있다. 이 문이 열리고 닫히기를 반복하면서 산소와 이산화탄소를 교환하고, 수분 밸런스를 유지한다. 기공을 통해 수분이 공기 중으로 배출되면서 숲의 열기도 달래진다. 이를 증산蒸散이라 한다. 덕분에 숲속은 생각보다 훨씬 시원하다.

숲속 계곡이야말로 삶의 여백을 즐기기에 제격이다. 발을 담그고 마주 앉아 도란도란 이야기를 나누는 부부의 표정이 다정스럽다. 이 순간이면 밥벌이의 노고도, 사람 사이의 갈등도 웬만한 시름은 다 사라진다. 그리고 함께해온 날들이 되살아난다.

팔월 숲이 치열하다. 틈새로 반짝이는 빛줄기가 수줍다.

숲이 우거진 정도로 치면 팔월 숲이 최고이다. 크고 작은 나무마다 잎사귀들을 빼곡히 내어 최고조로 짙푸르니 숲길이 어둑어둑하다. 간간이 팔랑거리는 잎사귀 틈새를 비집고 나온 빛줄기가 반짝반짝 길을 밝힌다.

팔월 숲을 더욱 우거지게 만드는 식물들이 있다. 댕댕이덩굴, 종덩굴, 계요등, 참마, 송악, 사위질빵, 할미밀망, 머루, 다래, 마삭줄, 새삼, 칡, 청가시덩굴, 청미래덩굴, 담쟁이, 인동, 노박덩굴, 등나무……. 바로 덩굴식물들이다. 이들에게서 큰 나무를 감아 올라 빛을 차지하는 전략을 발견한다. 처음에는 미약했지만, 빠르게 생장하는 위세가 큰 나무의 자존심을 건드린다. 덩굴로 뒤덮인 나무에게 위로를 전한다. 뛰는 놈 위에 나는 놈이랄까. 생존을 위한 자구책일 테지만, 나무 입장에서 여간 성가신 게 아니다. 그러니 숲 바닥부터 큰 나무 꼭대기에 이르기까지 팔월 숲이 얼마나 치열하던가. 이 전장이 사람 눈에는 그냥 녹색 잔치이다.

사위질빵에는 장모의 사위 사랑이 담겨 있다. 장모가 무거운 나뭇짐을 지는 사위가 안쓰러워 여린 사위질빵 덩굴로 짐을 작게 묶어 편하게 짊어지게 해줬단다. 그래서 사위질빵이다. 그럼 미운 사위에게는 무엇으로 묶어줬을까? 질기고 강한 칡덩굴로 짐을 크게 묶었을까? 고부 갈등과 더불어 장서 갈등도 고민이다. 사위질빵으로 사위의 수고를 덜어주는 장모의 따뜻한 사랑을 기억하자.

청미래덩굴은 동네마다 맹감이니 명감이니 망개니 이름도 다

팔월 숲은 덩굴식물로 여름답다. 사위질빵, 댕댕이덩굴, 담쟁이덩굴.

양하다. '청'은 푸르름이고, '미래' 는 열매를 뜻한다. 푸른 열매가 달리는 덩굴나무로 기억하면 되겠다. 숲길에서 청미래덩굴을 만나면 싱그러운 청춘의 미래, 밝은 미래를 그려보자.

청미래덩굴

숲길에서는 청미래덩굴과 비슷한 청가시덩굴도 만난다. 사람 세상으로 보면 둘이 사촌 간이다. 청미래덩굴 잎은 매끈하며 두껍고 둥글둥글하다. 이 잎으로 떡을 싸 먹었으니 바로 망개떡이다. 청가시덩굴은 잎 모양이 세모나며 얇고 뾰족해 청미래덩굴과 구별된다. 열매도 빨갛게 익는 청미래덩굴과 달리 검게 익는다.

이즈음에는 산자락 곳곳을 점령하고 있는 폭군 식물이 독보적이다. 땅바닥에 빛 한 톨 들어갈 틈도 남기지 않고 온 공간을 유린한다. 바로 덩굴식물 칡이다. 주변의 풀밭을 초토화하고, 거친 마사토 위를 넘어 바위까지 옭아매는 기세가 통제 불능이다. 길가의 전봇대도 칡덩굴에 감겨 위태롭다. 다른 식물의 성장을 용납하지 않던 소나무조차 칡의 위세를 당할 수 없다. 인근의 참나무도 마찬가지이다. 아까시나무의 예리한 가시도 소용이 없다. 문어발식 확장의 전형이다. 이 식물이 사막에서도 이처럼 잘 자란다면 얼마나 좋을까. 사막의 녹색화로 미세먼지, 황사, 지구온난화 등 당면한 지구촌 환경문제를 일거에 해결할 수 있을 텐데…….

여름을 점령한 칡의 위세가 사납다.

칡뿌리, 즉 갈근葛根은 녹말을 다량 함유해 요긴한 먹거리였다. 초등학교 시절 친구들과 언덕배기의 칡뿌리를 공략하는 것이 방과 후 일과였다. 지금이야 포클레인으로 한두 번 파내면 칡뿌리가 통째로 끌려 올라오겠지만, 그 시절 삽과 곡괭이만으로는 역부족이었다. 그러잖아도 허기로 지쳤는데, 캐도 캐도 끌려오지 않는 칡뿌리가 이만저만 야속한 게 아니었다. 열심히 캐낸 칡뿌리가 암칡인지 수칡인지도 관심거리였다. 단맛 가득한 즙이 줄줄 흐르는 암칡을 한 입 베어 물고 시커먼 입가에 미소를 담는 일이 그때의 행복이었다. 그 시절 어머니들은 어렵게 밥 먹여놓았더니 엄한 곳에서 힘쓰고 왔다고 책망하곤 했다. 하기야 밥 먹고 뛰면 배 꺼진다고 뛰지 말라 소리 지르곤 했지. 그 시절 어린아이들까지 나서서

초토화했으니 어찌 지금처럼 칡이 위세를 부릴 수 있었겠는가.

그런 칡이 관심 밖으로 밀려 지금은 통제 불능의 단계에 와 있다. 무서운 기세로 팔월의 숲을 뒤덮어버렸다. 어떤 특정 생물이 유별나게 많이 발생하는 것은 큰 문제이다. 예를 들어, 여름철 저수지에 남조류가 많이 발생해 수질을 악화시키는 일이 반복되고 있다. 이를 녹조 현상이라 하면서 난리다. 기실은 미크로시스티스Microcystis라는 단세포 남조류의 폭발적 증가로 인한 폐해이다. 녹조류 클라미도모나스Chlamydomonas나 유글레나조류Euglenoid 등이 많이 발생해 물 색깔이 진한 녹색을 띠는 경우도 있다. 이참에 남조류가 발생하면 남조 현상, 녹조류 발생이면 녹조 현상으로 구분해 부르면 좋겠다. 잠시 이야기가 숲에서 물로 갔다. 깨끗한 물 관리를 위해 많은 투자를 하고 있듯이, 숲의 건강을 위해 다양한 식물종이 균형 있게 자라도록 관심을 기울여야 할 때이다.

칡은 세 장의 잎이 균형을 이룬 삼출엽이다. 잎의 크기는 다르지만, 삼출엽은 모든 콩과 식물의 독특한 형태이다. 숲에서 만나는 새콩·돌콩·여우콩, 밭에서 만나는 팥·완두·강낭콩은 모두 삼출엽이다. 콩과 나무인 회화나무, 아까시나무, 싸리나무, 등나무, 다릅나무 등도 잎이 복엽이지만 잎 끝이 세 장으로 나뉜다.

열매가 꼬투리 속에 들어 있는 것도 콩과 식물의 특징이다. 여린 콩알을 애지중지하며 꼬투리 문 굳게 닫고 있다가 때를 읽고 문을 연다. 헤어져야 할 시간이다. 콩깍지 터지는 소리가 가히 폭발적이다. 까만 콩 형제들이 제 갈 길로 흩어진다. 꼬투리 속에 의좋게 자리 잡고 있는 콩알들을 보면서 결실의 뿌듯함을 느낀다. 어느 곳에서 만나든 삼출엽을 보면, 그리고 꼬투리를 달고 있으면 콩과 식물이구나 하고 불러주자.

콩과 식물은 사람에게 중요한 질소 공급 공장이다. 질소nitrogen는 아미노산의 필수 구성 원소이다. 탄수화물과 지방은 탄소, 산소, 수소가 주요 구성 원소이다. 이들 고분자의 출발점은 이산화탄소와 물을 재료로 광합성을 통해 만들어진 포도당이다. 반면, 단백질은 탄소, 산소, 수소뿐 아니라 질소도 주요 구성 원소이다. 그렇다면 질소는 어떻게 들어온 것일까?

$$N_2 \xrightarrow{\text{뿌리혹박테리아}} NH_4^+ \longrightarrow \text{아미노산} \longrightarrow \text{단백질}$$
$$\searrow NO_3^- \nearrow$$

질소는 공기 중 80%를 차지하는 기체이다. 이를 광합성으로 불러들일 수도 없으니 누군가가 질소 기체N_2를 유기화합물로 바꾸어주어야 한다. 바로 그 역할을 하는 것이 콩과 식물의 뿌리에 공생하는 뿌리혹박테리아이다. 이 박테리아는 특이하게도 콩과 식물의 뿌리에만 공생하면서 질소 기체를 암모늄NH_4^+ 형태로 고정해 식물체에 공급해준다. 암모늄은 질산 이온NO_3^-으로 변해 흡수되기도 한다. 이렇게 합성된 질소화합물로 아미노산이 만들어지고, 이 아미노산이 서로 결합해 고분자 단백질이 만들어진다.

집에서 직접 두부를 만들어 먹던 조상의 지혜를 생각한다. 서리태를 불려 맷돌에 갈아 콩 물로 만들고, 끓이고 엉기기를 반복해 네모반듯한 두부가 나오기까지 그야말로 과학적 지혜의 집합체이다. 콩이 단백질 공급원임을 벌써부터 알고 있던 것이다. 비록 흰쌀밥에 쇠고기나 돼지고기로 기름기를 채우지는 못했지만, 뜨끈뜨끈한 두부 한 모에 겉절이를 얹어 한입에 넣는 것으로도 참 행복했다. 새벽마다 요령을 흔들며 "두부요~ 두부요~" 동네를 돌던 두부 장수도 생각난다. 잠결에 '저 아저씨는 누구 아버지일까?' 하고 궁금해한 적이 있다. 그 아저씨의 아이도 이젠 중년이 되었겠지.

두부 장수가 새벽을 깨우던 시절은 아무리 없이 살던 집이라도 소 한 마리씩은 키우던 때이다. 물론 자기 집 소일 수도 있고, 남의 집 소를 품앗이해 대신 키우던 집도 있었다. 소 한 마리가 가장 이율이 높은 적금이었다. 가족들의 보험이었고, 자식들의 학자금이던 것이다.

이처럼 소중한 재산 1호를 키우는 일은 아이러니하게도 대부분 고사리손의 꼬마들이 담당했다. 웬만한 초등학생들은 학교가 끝나면 너도나도 꼴망태를 지게에 얹고, 제 팔보다 긴 낫을 한 자루씩 들고 들판으로 숲 가장자리로 다니며 쇠꼴을 베던…… 그야말로 쇠꼴 베기 전투의 공신이었다. 모두 낫질에 귀재였고, 지게에 쌓은 산더미 같은 풀 무게도 손바닥만 한 등짝으로 능히 감당해냈다. 지금 어린이들은 상상이나 할 수 있는 일인가. 그때는 그렇게 나이 어린 아이 한 명 한 명이 일꾼이었고, 노동의 도구였다. 지금도 생각난다. 소 막에 푸른 칡덩굴을 한가득 넣어주면 소들이 "고마워" 하는 눈망울로 어린 나와 시선을 맞추었다. 어찌나 맛나게 칡잎을 먹던지. 그 칡덩굴 잎을 나와 함께한 소들이 참 좋아했다.

"이런들 어떠하리 저런들 어떠하리 / 만수산 드렁칡이 얽혀진 들 어떠하리 / 우리도 이같이 얽혀져 백 년까지 누리리라." 〈하여가〉는 충절가 포은 정몽주를 향한 태조 이방원의 유혹이다. 이 대목에서 공생共生을 떠올린다. 공생은 서로 이득을 주고받고 위기에 합심하는 관계여야 한다. 꽃과 나비, 도토리와 다람쥐처럼 숲에는 수많은 공생이 있다. 하지만 칡의 무차별적 확장을 보면, 이방원과 정몽주의 공생이라는 게 애초에 가당치 않았음을 알 수 있다. 칡덩굴이 다른 나무를 기어오르는 것은 공생을 빙자한 배신의 전형이다. 더 큰 이득을 위한 적과의 동침, 그리고 배반일 것이다.

팔월, 온 산하를 휘감은 칡덩굴을 본다. 짙은 붉은색과 보라색이 어우러진 칡꽃이 녹색 덩굴 틈새에서 요란하다. 남의 영토까지 거침없이 뒤덮으로고 조종하는 관제소 같다고나 할까. 자비가 보이지 않는다. 언제까지 성장 중심으로만 살 것인가? 우리 사회도 이제 존중과 배려를 생각하면서 좀 느리게 여유를 가지고 살 때도 되지 않았는가?

칡과 닮은 덩굴식물 중에 등藤나무가 있다. 칡이 왼쪽으로 나무

를 감고 올라가는 데 반해, 등은 오른쪽
으로 감고 올라간다. 이 둘이 한 나무에
서 만나면 어떻게 될까? 그러잖아도 뙤
약볕 뜨거운 습기에 건들기만 해도 짜
증이 날 지경인데, 이 둘이 만나 뒤엉키
면 정말 풀릴 가망이 없다. 그래서 사람
과 사람 사이의 다툼을 칡과 등의 전쟁,
바로 갈등葛藤이라고 한다.

칡꽃. 여름을 유혹하다.

　사람들은 저마다 저 혼자 잘나서 지
금 존재하고 있는 것으로 착각한다. 기실은 우리 모두 남 덕에 지
금을 살아가는 것인데 깨닫지 못한다. 내가 남에게 무슨 잘못을 하
고, 어떤 민폐를 끼치고 있는지 알지 못한다. 지금부터라도 생각을
바꿔보자. '내 옆 사람 덕에 내가 살고 있구나.' 그리고 '내가 이룬
것의 절반을 주변 사람들에게 돌려주자.' 숲을 뒤덮은 칡덩굴을 반
면교사로 삼아 존중과 조화의 세상을 그려본다.

　물질 만능과 무한 경쟁으로 '나'를 잃어버린 자본주의 열차
를 생각한다. 끝 모를 종착역을 향해 왜 가는지도 모르는 채 질
주하고 있다. 1970~1980년대에 시속 60km로 달리던 급행열차
가 1990년대 100km 특급열차로, 급기야 2000년대에 들어서는
300km 고속열차로 진화했다. 열차의 변신만큼 자본주의도 그렇
게 가속을 더해왔다.

더불어 사람들의 생각도 각박해졌다. 시시콜콜 눈치를 보게 되고, 가진 만큼 외려 만족하지 못하는 습관성 비교 열패증에 시달린다. 가진 자는 더 많이 갖게 되고, 없는 자는 더 많이 초라해졌다. 금이니, 은이니, 흙이니…… 수저에도 계급이 생겼다. 1~3등급은 시켜 먹고, 4~6등급은 튀기고, 7~9등급은 배달하며 사는 나라. 치킨 코리아라는 자괴감까지 겪고 있다. 누구나 한 번쯤 이 공룡 같은 자본주의 열차에서 뛰어내리고 싶은 적이 있었을 것이다.

　"살어리 살어리랏다 / 청산에 살어리랏다 / 머루랑 다래랑 먹고 / 청산에 살어리랏다 / 얄리 얄리 얄라셩." 숲길에서 〈청산별곡〉을 부른다. 더 이상 비교하고 좌절하지 말자. 우리는 경쟁에서 진 것이 아니다. 나는 나로서 존중받아야 한다. 지금도 충분히 행복한 나 자신을 발견하자. 숲길에서 이 우매한 세상을 극복할 해답을 찾는다. 숲으로 가자. 한 달에 한 번이라도 숲에서 만나자. 켜켜이 쌓인 울분도 쏟아내고 새 기운으로 이웃과 함께하자.

주목은 살아서도 죽어서도 조화로운 세상을 이어간다.

가을

꽃들은 ——

가을에도 걷는다

쑥부쟁이, 구절초, 물봉선, 꽃향유로 가을을 재촉한다.

나날이 일교차가 커지고 밤도 길어진다.

책장 뒤편으로 물러나 있던 동화책을 꺼내 읽는다.

하늘에 몸을 누이고 가을바람을 맞는다.

새하얀 조각구름에 온 마음을 맡기고 나에게로 나를 돌려준다.

그곳에 세상에서 가장 소중한 내가 있다.

구월 초입 숲길은 가을인데, 나무는 아직 여름이다. 숲길에 뒹구는 낙엽들이 황갈색으로 가을을 앞세우지만, 나무는 여전히 진녹색 잎사귀들로 청청하다. 여름인 듯 가을이고, 가을인 듯 여름이다. 계절의 패러독스가 구월에 있다. 입추와 처서는 벌써 지났는데, 더위는 고개를 숙일 줄 모르고 변죽만 울린다. 온실효과니 기상이변이니 하면서 지구를 탓한다. 매년 습관처럼 반복하는 푸념이다. 그리고 늘 그렇듯이 잊어버린다. 지구야 힘들든 말든 나만 아니면 돼! 아무도 긴장하지 않는다. 여전히 구월은 민소매에 반바지 차림이다.

　그래도 여름 동안 너덜너덜해진 몸과 마음을 추슬러본다. 여름 내 달고 살던 아이스커피를 내려놓고, 모처럼 뜨거운 커피를 들고 자리에 앉는다. 가을을 기다리는 마음이 앞섰기 때문일 것이다. 아직 후덥지근한 바람이 오락가락하지만, 간간이 새어 나오는 하늬바람 속에서 가을 소리를 골라낸다.

숲과 친한 이들은 구월 숲에서도 지혜롭다. 숲길 사이로 먼저 온 가을을 맞이하면서 지난여름의 무게를 내려놓는다. 그들의 가을맞이는 언제나 감사하는 마음으로 허심탄회하다. 여름이 남긴 숙제로 허덕이는 사람들에게는 그야말로 딴 세상 이야기이다. "인간은 누구나 / 스스로의 여름만큼 무거워지는 법이다 / 스스로 지나온 그 여름만큼 / 그만큼 인간은 무거워지는 법이다 / 또한 그만큼 가벼워지는 법이다 / 그리하여 그 가벼움만큼 가벼이 / 가볍게 가을로 떠나는 법이다." 조병화의 〈구월의 시〉에서도 지난여름의 과욕을 지적한다. 앞뒤 바라보지 않고 챙기던 소유들이 가을로 가는 길목에서 짐이 되고 말았다. 스스로 초래한 삶의 무게이다. 그들에게 구월이 있겠는가? 그들이 살고 있는 세상은 아직도 녹색으로 무성하다.

이즈음 기상 캐스터의 단골 멘트가 있다. "북태평양기단의 세력이 약화되고 이동성고기압의 영향으로 맑고 선선하겠습니다." 도심의 열기를 감안하면 아직 성급한 예보이나, 숲에서는 익숙한 멘트이다. 숲은 정직하기 때문이다. 소백산 비로봉도 좋고, 지리산 천왕봉도 좋고, 설악산 대청봉도 좋다. 누구라도 오르시라. 이동성고기압이 칙칙한 수증기를 몰아냈으니 빛 입자들이 부딪칠 일도 없다. 세상 모든 빛이 온전히 내게로 쏟아져 들어온다.

소백산 비로봉 가는 길, 세상 빛이 내게로 온다.

새파랗게 드높아진 하늘에 몸을 누이고 청량한 가을바람을 맞이하자. 간간이 지나는 새하얀 조각구름에 온 마음을 맡기고 나에게로 나를 돌려주자. 그곳에 세상에서 가장 존중받아야 할 내가 있지 않은가. 하늘이 높고 말이 살찐다는 천고마비天高馬肥의 계절이다. 이토록 풍요로운 계절에 들어섰는데, 이제 짐을 내려놓고 나만의 여백에서 온전히 나를 칭찬해볼 일이다.

이제 낮의 길이도 짧아지고 기온도 낮아진다. 사람의 몸도 이를 알아채고 반응한다. 일조량이 줄어드니 세로토닌 분비도 줄어든다. 대신 반대로 밤이 길어지면서 기분을 가라앉히는 멜라토닌 분비가 증가한다. 세로토닌·멜라토닌 스위치의 정상 작동이다. 아울러 비타민 D 합성도 적어지고, 특히 남자에게서 테스토스테론 분비도 저하된다. 세로토닌 감소, 비타민 D 감소, 테스토스테론 감소, 멜라토닌 증가. 그러고 보니 모두 울적한 쪽으로 작용하는 기제이다. 생각이 많아지고 고독을 느끼는 멜랑콜리 센티멘털의 시계가 작동하기 시작한다. 여기에 낙엽 그리고 깃을 세운 트렌치코트까지 등장한다. 그렇구나! 그래서 가을을 남자들이 싱숭생숭해하는 계절, 남자의 계절이라 하나 보다.

숲꽃들은 어떠한가? 꽃은 가을에도 분주하다. 가을꽃도 봄꽃 못지않게 다채롭다. 쑥부쟁이, 구절초, 산국, 물봉선, 배초향, 꽃향유, 용담, 과남풀, 투구꽃, 진범, 개미취, 꿩의다리, 으아리, 기름나물, 궁궁이, 뻐꾹나리, 하늘타리, 고마리, 고들빼기, 여뀌, 누린내풀……. 가을 숲길을 빛나게 해주는 우리 숲꽃들이다. 어떤 연유로 어느 꽃은 봄에 피고 어느 꽃은 가을에 필까? 세로토닌·멜라토닌 스위치가 빛의 길이에 반응하듯이, 봄꽃·가을꽃 스위치도 일조시간 변화에 답이 있다.

봄꽃·가을꽃 스위치의 기준은 밤의 길이이다. 밤의 길이가 짧아지고 일조시간이 길어질 때 꽃 피는 식물을 장일식물long day plant이라 하는데, 바로 봄꽃이 이에 속한다. 이와 대조적으로 밤의 길이가 길어지고 낮이 짧아질 때 꽃 피는 식물을 단일식물short day plant이라 하며, 가을꽃이 이에 해당한다. 꽃이 피는 메커니즘은 먼저 잎에 있는 단백질 색소 피토크롬phytochrome이 밤의 길이 변화를 수용하고, 자극을 받은 피토크롬이 꽃눈 형성 유전자를 활성화하면 호르몬이 만들어진다. 이 꽃 호르몬을 개화開花 호르몬, 즉 플로리겐florigen이라 한다. 이 호르몬이 체관을 통해 이동해 꽃눈을 분화하고 꽃을 피우게 하는 것으로 알려져 있다.

가을을 대표하는 꽃을 말해보라 하면 국화菊花를 가장 먼저 이야기한다. "국화야 너는 어이 삼월동풍三月東風 다 보내고 / 낙목한천落木寒天에 네 홀로 피엿는다 / 아마도 오상고절午霜孤節은 너뿐인가 하노라." 조선 선비 이정보에게 국화는 의리와 절개의 상징이었다. 좋은 계절 마다하고 날씨도 추운 가을 산하에 도도하니 그럴 만도 하다. 그런 국화를 사람들은 그냥 들에 피는 꽃이려니 하면서 들국화라 에둘러 부른다. 실은 들국화라는 이름의 꽃은 없다. 숲

가을꽃들이 걸어온 길을 되돌아보게 한다. 여름의 무게를 내려놓으라고 권한다.
(위) 으아리, 고들빼기, (아래) 꿩의다리, 고마리.

(위) 뻐꾹나리, 누린내풀. (아래) 투구꽃, 과남풀.

구절초와 산국이 어우러질 때 가을 숲은 본격적으로 말을 걸어온다.

언저리이건 산정의 바위틈이건 양지바른 곳이면 이 시절 어김없이 피어난다. 쑥부쟁이, 구절초, 산국, 감국, 개미취, 벌개미취, 미역취……. 바로 가을을 대표하는 국화과 숲꽃들이다. 저마다 사연을 담은 고유한 이름이 있으니 이제 들국화라고 그만 부르고 제 이름을 불러주자.

구절초는 음력 9월 9일경에 채취하는 것이 가장 약효가 좋다 하여 이런 이름이 붙었다. 또한 이 시기에 줄기가 아홉 마디가 된다 하여 구절초九節草이다. 쑥부쟁이에는 다음과 같은 이야기가 전해 내려온다. 가난한 대장장이 집 맏딸이 동생들을 먹여 살리려고 쑥을 캐러 다니다 벼랑에서 떨어져 죽었단다. 죽은 자리에서 자줏빛

가을은 하얀 구절초와 보라 쑥부쟁이로 분주하다.

꽃이 무성하게 피어났는데, 쑥 캐러 다니던 불쟁이네 딸을 가엽게 여겨 쑥부쟁이라 부르게 되었단다.

쑥부쟁이와 구절초를 구별한다는 것도 대단한 일이다. 웬만한 사람은 이 꽃들을 모두 구절초라 부른다. 마을 길가나 집 마당에서 흔히 볼 수 있는 국화가 구절초이기 때문이다. 여기저기에서 열리는 구절초 축제도 한몫한다. 하지만 구절초와 달리 쑥부쟁이는 들과 숲에서 고고하다. 이제부터 구별해보자. 쑥부쟁이는 잎이 여린 피침형이고, 꽃은 보라색 계열이 강하다. 이에 비해 구절초는 잎이 쑥잎과 비슷하고, 꽃은 대부분 하얀색이다.

볕이 잘 드는 쪽에 쑥부쟁이와 구절초가 만발할 때, 그늘진 숲 계곡을 밝혀주는 꽃 무리가 있다. 습기가 많은 곳에 사는 봉선화, 바로 물봉선이다. 우리 가곡에서 등장하는 봉선화는 동남아시아가 원산지인 외래종이니 구별하자. 이참에 물봉선이 본래 우리 산하에 자생하는 고유종이라는 것도 알아두면 좋겠다. 꽃잎이 너무 연약해 빗방울만 맞아도 찢겨져 안쓰럽다. 때론 따가운 햇볕을 받아

물봉선은 분홍, 노랑, 하양으로 가을을 맞이한다.

녹아나기도 하고, 온전한 꽃을 보는 것이 외려 민망스럽다.

그래도 분홍, 노랑, 하양으로 제 모습을 갖춘 모양새를 보면 참으로 대견하다. 꽃 뒤로 또르르 말린 꿀주머니가 미풍에 일렁인다. 꽃과 열매를 동시에 볼 수 있는 것도 특이하다. 열매는 삭과蒴果로, 익으면 건드리기만 해도 터져 작은 씨앗이 여기저기 튀어 나간다. 그래서 꽃말도 '나를 건드리지 마세요'이다. 계곡 틈새로 파고든 빛줄기를 배경으로 물봉선의 실루엣이 청초하다. 물봉선이 가을 숲의 전령사이다.

구월 숲에서 꿀 잔치를 하는 보라색 꽃 무리 꽃향유를 만난다. 벌들의 환호성이 유난하다. 꽃향유는 가을 향기를 대표하는 꿀풀과 숲꽃이다. 작은 꽃송이들이 꽃대 한쪽 방향으로 치우쳐 피는 모습이 독특하다. 꽃향유와 헷갈리는 배초향排草香이라는 들꽃이 있다. 주로 양지바른 풀밭에서 볼 수 있는데, 자세히 보면 꽃차례가 꽃대를 사방으로 둥글게 감싸 꽃향유와 구별된다. 배초향은 냄새를 물리친다는 유래가 있는 풀로, 방아풀이라고도 부른다. 실제로 매운탕을 끓일 때 비린내 잡는 데 방아잎이 요긴하게 쓰인다.

석양 노을빛이 숲길 깊숙이 파고든다. 꽃향유 무리는 약속이나 한 것처럼 모두 서쪽 하늘을 바라본다. 짧아진 낮 시간을 아쉬워한다. 그렇게 꽃향유를 만나면 한 해를 정리해야 할 시간이 다가왔구나 하는 생각이 든다. 꽃송이마다 벌들의 날갯짓으로 분주하다. 날씨가 더 추워지기 전에 마지막으로 찾은 꿀 사냥터일 것이다. 벌에게나 사람에게나 참 고마운 꽃이다.

가을 지킴이 꽃향유

쑥부쟁이, 구절초, 물봉선, 꽃향유로 가을을 재촉해본다.

나날이 일교차가 커지고 밤도 길어진다. 더불어 생각의 시간도 깊어진다. 등화가친燈火可親이라 했는가. 날씨도 선선하고 마음도 맑아지니 등불을 가까이해 글 읽기 좋은 계절이라는 뜻이다. 사실 유전자 관점에서 지구 생명체의 한해살이는 복잡한 듯 단순하다. 모두가 생존과 번식을 위해 고군분투했고, 자기 몸에 영양을 불리고 상처를 치유하는 데 최선을 다했다. 나아가 잉여의 자원을 비축함으로써 겨울을 극복하고, 내년을 약속하는 지혜도 발휘했다. 나무는 뿌리와 열매에, 다람쥐는 땅속에, 사람은 은행에, 장소만 다를 뿐이다.

그렇게 모두 만족해할 때 사람에게서만 발현되는 지혜의 유전자가 따로 있다. 바로 책 읽는 즐거움이다. 이 좋은 계절에 누군들 책 한 권 읽지 않으랴. 마음에도 양식을 쌓아 존재의 가치를 공고히 하는 유전자가 작동한다. 그래서 가을은 독서의 계절이다.

　나는 내 삶에 위로가 되고 지혜를 얻는 책이 있는가? 그리고 생각날 때마다 반복해서 읽는가? 세상 사람들마다 자신만의 책이 있어 지치고 힘들 때 기댈 수 있다면 삶은 더욱 소중해질 것이다. 학생들과 함께 '롤모델 도서 한 권 선정해 열 번 읽고 졸업하기' 프로젝트를 실천한 적이 있다. 자신의 진로와 연관된 도서를 한 권 선정해 재학 기간 3년 동안 열 번 읽는 프로그램이었다. 삶의 지혜도 얻고 나아가 스스로 진로를 분명히 하자는 의도였다. 아이들과 선생님들이 한마음으로 책 읽는 학교를 만든 감동이 아직도 생생하다. 이 프로그램이 아이들의 전공 적합성에 강점을 보여, 원하는 대학에 진학하는 데 큰 도움을 주기도 했다. 무엇보다도 훗날 자신만의 롤모델 책이 있어 세상살이에 위안이 된다면 그 또한 얼마나 행복한 일이겠는가. 그때 '롤모델 도서 한 권 선정해 열 번 읽고 졸업하기'를 기억하면서 소중했던 학창 시절을 되돌아보기를 기대한다.

　이른 아침 시골 초등학교를 방문한 적이 있다. 일곱 살 1학년부터 열두 살 6학년 교실에 이르기까지 초롱초롱한 눈망울로 저마다 책을 읽고 있는 모습이 어찌나 예쁘고 감격스럽던지, 지금 생각해도 가슴이 벅차오른다. 그때 다짐했다. 이 아이들의 미래에 훼방꾼이 되지 말아야지, 좋은 세상 살아갈 수 있도록 내 욕심부터 버려야지. 온갖 반성을 하고 돌아와 새로운 습관을 만들었다. 바로 서재 뒤편으로 물러나 있던 동화책을 꺼내 읽기 시작한 것이다. 전래동화《콩쥐와 팥쥐》《흥부와 놀부》《토끼전》도 읽고, 서양 동화《헨젤과 그레텔》《피노키오》《개구리 왕자》도 꺼내 읽는다. 안데르센의《빨간 구두》《미운 오리 새끼》도 읽고, 권정생의《강아지똥》《몽실언니》도 읽는다. 방정환의《양초 도깨비》도 읽으면서 오염된 나를 바로 세운다. 어린이 세계를 읽으면서 욕심을 줄이고 순수를 키운다. 어른도 동화책을 읽자. 가을 속에서 어린아이의 마음을 만나보자.

가을이 깊어간다. 생각의 시간도 깊어간다. 나에게 안부를 묻는다.

단풍에

———

옷깃을 여민다

단풍은 나무가 선택한 생존 전략이다.

한 잎 한 잎 저마다의 소임을 끝내고,

이별을 알리는 그들만의 컬러 페스티벌이다.

중년의 하루는 아직 한창이다.

지나온 길을 되돌아보고, 나아갈 길도 살펴야 한다.

기쁨도 서글픔도 내일로 돌려놓고,

오늘도 중년은 가슴으로 운다.

바람이 쌀쌀하다. 형형색색 낙엽들이 숲길을 구르고, 사람들의 시선은 계절의 끝자락에 멈춰 있다. 누군가에게는 이른 겨울의 시작이겠지만, 아직은 가을이고 싶다. 그래서 늦은 가을, 만추晚秋이다. 낙엽의 궤적이 단풍 가득한 풍광을 가른다. 하루가 다르게 기온이 낮아지고 그만큼 코트 깃도 곧추선다. 보내야 하나 보내고 싶지 않은, 그래서 하루가 아쉬움으로 가득하다.

늦가을 비움을 결행하는 나무와 잎새, 그리고 이별과 기다림이 교차하는 흐린 하늘. 이 서정에 어느 누군들 시인이 되지 않으랴. 걸음을 멈추고 늦가을 마음을 비우는 시를 쓴다. 때론 영화 속 주인공도 된다. 영화 〈만추〉는 어떠한가. 이룰 수 없는 남녀 간의 사랑, 그리고 이별을 예감하는 낙엽으로 서럽다. 글에서도, 영상에서

도 가을을 보낸다는 것이 쉽지만은 않다. 속절없다. 지난 기억들이 밀물처럼 살아 오르고 온 마음이 서걱거린다.

　나이 들수록 감정이 여려지고 생각은 많아진단다. 날리는 가랑잎 하나만 보아도 눈물이 난다나. 그러니 아저씨들이 가을을 타나 보다. 숲을 찾는 이가 많아지는 것도 그래서일까? 그래도 우리네 중년의 하루는 아직 한창이다. 지나온 길도 되돌아보고, 나아갈 길도 살펴야 한다. 기쁨도 서글픔도 내일로 돌려놓고, 오늘도 중년은 가슴속에 눈물을 감춘다.

〈중년〉

가슴으로 운다.
벅찬 삶의 무게도
아직은 눈물샘을 넘지 못한다.

그래서 중년이다.
그림자를 길게 늘어뜨린
뒤안길이 그래도 한낮이라 소리친다.

버리는 지혜를 몰라

새 옷은 무엇으로 할까
오늘도 중년의 가을은 부른 듯 헛헛하다.

아직은 아니다.
중년의 눈물은 가슴으로만 흐른다.

　이맘때 습관처럼 한 해를 돌아본다. 남은 한두 달이 벌써 지워진 듯하고, 생각도 멈춰 선다. 정지한 자기장 속에 온 세상이 갇힌 듯하다. 그만큼 보내기 싫은 시간이다. 여기저기 울긋불긋한 경치 하

단풍 바람이 계곡을 타고 내린다.

나하나가 모두 잘 그린 파스텔 수채화이다. 문득 이 눈부신 풍광 속에서 이방인처럼 서 있는 나를 발견한다. 무언가를 잃어버린 사람처럼 시선이 오락가락한다. 분명 아름다운 시간인데, 단풍이 전하는 메시지가 그리 단순하지만은 않은가 보다.

단풍은 나무가 선택한 생존 전략이다. 한 잎 한 잎 저마다의 소임을 끝내고, 최후로 벌이는 그들만의 컬러 페스티벌이다. 이 축제가 끝나면 마지막 잎사귀마저 떨구어야 한다. 그리고 바람에 실려 다시 돌아오지 못할 길을 떠난다. 이 이별의 소리가 바로 가을 소리이다. 그렇게 사람의 마음 구석구석을 후빈다.

나무는 모든 사치를 버리고 미니멀리스트로 겨울을 견뎌낸다. 혹한기에 나무가 잎을 달고 있다면 어떻게 될까? 공기 중의 수분 퍼텐셜potential에 반응해 뿌리부터 물을 끌어 올려 공기 중으로 퍼 나르는 작업을 계속해야 할 것이다. 극한의 추위를 견뎌내기 위해 모든 세포가 죽은 듯 고요한데, 잎이 뜬금없이 일하고 있으니 속이 탈 노릇이다. 결국 나무는 수분 밸런스를 잃고 말라 죽게 된다. 이런 참사를 막기 위해 나무는 날씨가 더 추워지기 전에 잎에 있는 영양분을 뿌리 쪽으로 회수한다. 그리고 무소유의 잎사귀를 떨어뜨린다. 이 과정에서 잎이 색을 바꾸고 나뭇가지에서 떨어져나간다. 나무가 잎을 떨치는 것인지, 잎이 나무를 떨치는 것인지. 어찌됐든 버리는 용기와 결단이 있기에 새로운 출발을 기약할 수 있다.

잎은 양분을 만드는 영양기관이다. 잎 세포 속 엽록체에서 부지

런히 광합성을 해 포도당을 만들고, 체관을 통해 열매나 뿌리로 운반해 녹말로 저장한다. 나무마다 이런 파워 플랜트가 수십 수백만 개 있으니 사람이 뿜어내는 웬만한 산업공단은 축에도 못 낀다.

엽록체에는 광합성이 가능하도록 빛 에너지를 붙잡아주는 색소가 있다. 주 색소로 클로로필(엽록소)이 있고, 보조 색소로 카로틴과 크산토필 등 카로티노이드계 색소가 있다. 여름철 나뭇잎이 녹색으로 보이는 것은 클로로필 덕분이다. 클로로필이 빛의 가시광선 영역에서 빨간색과 파란색 파장의 빛을 흡수하고 녹색 파장은 반사하기 때문이다. 그렇게 반사된 빛을 사람의 시각으로 인지해 잎이 녹색으로 보이는 것이다.

하늘이 높아지고 일교차가 커지면서 클로로필의 분자구조가 변해 기능을 잃게 된다. 이때 클로로필에 가려져 있던 카로티노이드

계 색소가 전면에 등장하면서 컬러 혁명이 일어난다. 단풍은 바로
카로티노이드계 색소가 빨간색에서 노란색 파장 부위를 집중적
으로 반사한 결과물이다. 또 빨간색 단풍을 강하게 만드는 색소로
안토시아닌이 있는데, 이는 잎 세포 속의 액포라고 하는 기관에
모여 있다. 가을이 깊어지면서 세포도 늙어가고, 액포가 세포 전체
크기만큼 커지게 된다. 그리고 미처 이동하지 못한 당분이 액포에
쌓이는데, 이 당분이 안토시아닌과 결합하면서 단풍이 더욱 붉은
색을 띠게 만든다. 클로로필, 카로틴, 크산토필, 안토시아닌, 이들
이 바로 단풍의 주역들이다. 카로틴이 많으면 주황색, 크산토필이
많으면 노란색, 안토시아닌이 많으면 붉은색이 강한 단풍이 든다.
아울러 탄닌 성분이 많으면 잎사귀가 갈색으로 물든다는 것도 알
아두자.

논밭일이 마무리되면서 색조의 향연을 즐기려는 관광버스 대열이 줄을 잇는다. 자식 같은 작물들을 보살피며 별러온 시간이니 충분히 즐길 자격이 있다. 여기저기 볼거리와 먹거리로 흥겹다. 하지만 나무는 여전히 분주하다. 잎 속에 남아 있는 영양분을 최대한 회수해야 하기 때문이다. 애써 만든 양분이니 한 톨이라도 버리는 일이 없도록 최선을 다한다. 그렇게 회수 작업이 끝나면 나무는 줄기와 잎을 연결하던 통로를 막아버린다. 이를 떨켜라 한다. 물과 양분이 밖으로 나가지 못하도록 벽돌을 쌓고 미장을 하는 공정이다. 그렇게 잎사귀는 나무줄기와 연이 끊기고 바람에 실려 간다. 바로 낙엽이다.

　유년 시절 찬바람이 불기 시작할 즈음, 학교 숙제로 수확이 끝난 논에서 벼 이삭 주워오기가 단골이었다. 보통 편지 봉투 한 개 분량이었는데, 학교가 끝나면 모두 논에 나가 허리를 굽히고 벼 이삭을 줍던 일이 그 시절 풍경이었다. 모든 수확을 손으로 하던 시절이니 논바닥에 벼 이삭이 널려 있었다. 가끔씩 논 주인이 고함을 치며 달려오곤 했는데, 그때마다 지상 최고의 스프린터가 되어 달아나곤 했다. 먹을 것이 부족하던 시절이니 벼 이삭 한 톨 한 톨이 얼마나 소중했겠는가? 소임을 다한 잎에서 마지막 양분 하나까지 회수하는 나무의 전략과 다를 바 없다. 그렇게 모은 벼 이삭이 족히 몇 가마는 되었을 텐데, 그것이 어디에 어떻게 쓰였는지는 미스터리이다.

가을이 깊어진 숲에서 빨강 풍경의 공신은 단연코 붉나무이다. 옻나뭇과 나무로, 잎에서 핏물빛이 뚝뚝 떨어진다. 유난히 '붉은' 단풍이 든다 하여 붉은 나무, 붉나무이다. 잎자루에 화살 깃털 모양의 날개 잎이 독특하고, 열매에는 소금이 하얀 분처럼 덮여 있다. 옛적 두메산골에서 소금 구하기가 어디 쉬웠겠는가? 이맘때 붉나무 열매를 끓여

개옻나무 단풍

소금을 얻었으니, 그래서 붉나무를 소금 나무, 염부목鹽膚木이라 한다. 붉나무는 오배자五倍子를 만드는 것으로도 주목받는다. 실은 오배자면충이 기생하면서 만든 벌레혹으로, 지혈이나 설사에 특효가 있다 하여 상비약으로 요긴했다.

개옻나무도 시월 숲에 색 잔치를 열어주는 주인공이다. 생장 속도가 빠르고 척박한 곳에서도 잘 자란다. 누구를 위한 것인지, 산허리를 뚝뚝 잘라 도로를 만드는 세상이다. 자동차 속도를 배려한 길이지, 사람을 위한 길은 아닌 것 같다. 잘린 허리마다 사방공사로 성의 없이 심은 나무 무리가 보인다. 바로 개옻나무이다. 원래 옻나무와 유사해 구별하기 위해 이름에 '개' 자를 붙였으니 홀대하지 말자. 고속도로를 달리다 보면 띄엄띄엄 터널을 지나는 횟수

만큼 개옻나무 절개지를 지나친다. 누구를 위한 개발인가? 자연과 공존하는 지혜가 필요한 대목이다. 조금 내려놓고 조금 느리게 살아도 되지 않겠는가.

단풍나무의 '풍' 자는 '단풍나무 풍楓'이다. 바람風에 잘 날리는 나무木라는 의미이다. 실제로 열매마다 두 갈래로 펼쳐진 잠자리 날개를 달고 있다. 바람에 실려 멀리 날아가기에 최적화된 구조로, 유전자를 남기기 위한 고도의 전략이다. 단풍나무, 당단풍나무, 고로쇠나무, 복자기나무, 복장나무, 신나무, 시닥나무 등이 숲에서 만나는 단풍나뭇과 나무들이다.

단풍나무는 잎이 갈라진 열편裂片 개수로 구분한다. 당단풍나무는 아홉 개, 단풍나무는 일곱 개, 고로쇠나무는 다섯 개이다. 복자기나무와 복장나무는 잎자루에 잎이 세 장 달려 있다. 복자기나무는 주로 숲 초입에서 볼 수 있고, 복장나무에 비해 잎자루가 짧고 잎 뒷면에 털이 있다. 이에 비해 복장나무는 주로 높은 산에서 만날 수 있다. 고산 숲길에서 유난히 빨간색을 띤 작은 잎 삼 형제를 만나면 복장나무로 불러주자.

신나무는 잎 밑부분이 세 개로 갈라졌는데 가운데 열편이 길다. 시닥나무는 3~5개로 갈라졌고, 잎 가장자리에 톱니처럼 생긴 거치가 있다. 도심의 도로 양옆에서도 유난히 붉게 물든 단풍 가로수를 만난다. 바로 잎이 세 개로 갈라진 중국단풍이다. 크게 자라지 않으면서 시각적으로도 친화적이어서 가로수로 제격이다.

이제 단풍을 숲에 살고 있는 온갖 나무의 이별 잔치로 존중해 주자. 더 이상 단풍나무라는 특정한 개체로 한정하지 않아야겠다. "님은 갔습니다 / 아아, 사랑하는 나의 님은 갔습니다 / 푸른 산빛을 깨치고 단풍나무 숲을 향하여 난 작은 길을 걸어서 차마 떨치고 갔습니다 / …… / 우리는 만날 때에 떠날 것을 염려하는 것과 같이, 떠날 때에 다시 만날 것을 믿습니다 / 아아 님은 갔지마는 나는 님을 보내지 아니하였습니다." 한용운의 〈님의 침묵〉이다. 일제 강점기 국권을 강탈당한 시절 내설악 백담사에서 썼다고 한다.

이 시에서 단풍나무 숲의 정체는 무엇인가? 단풍나뭇과 나무만으로 우거진 숲을 지칭하지는 않았을 것이다. 그 서슬 퍼렇던 시절 자연도 하나 되어 망국을 통탄했으니, 내설악의 모든 초목이 노랗게 빨갛게 물든 잎으로 설움을 토해냈다. 단풍나무 숲이 바로 이별의 숲인 것이다. 백담사 지나 대청봉으로 향한다. 숲길에 만산홍엽이 〈님의 침묵〉과 겹쳐진다. 그리고 시대를 잃어버린 사람들의 통곡을 만난다.

교과서에서 〈님의 침묵〉을 나도 배웠고, 지금 아이들도 배우고 있다. 시대를 초월해 귀감이 되는 명시이다. "〈님의 침묵〉 속 단풍나무의 의미는 무엇입니까? 왜 하필이면 단풍나무입니까?" 그때나 지금이나 아무도 주목하지 않는다. 시험에 나오지 않아서일까? 시는 시로만 받아들이라고 한다.

비록 한 교실에 있지만 우리 아이들은 농부도 되고, 시인도 되

시월 숲길이 분주하다. 옷깃에 노랑 바람, 빨강 바람…… 세월의 바람이 머문다.
(위) 고로쇠나무, 당단풍나무, (아래) 주황색, 붉은색 단풍나무.

고, 과학자도 되고, 제각기 갈 길이 다르지 않은가. 그들이 다양한 생각을 하고, 다양한 길을 가도록 도와주는 교육이 필요하다. 공부깨나 한다는 아이들이 희망하는 진로가 의료, 법조, 교육 분야로 편중되는 현실이 안타까울 뿐이다. 영특한 그들이 다양한 분야에서 행복을 찾고, 나라의 성장 동력에도 기여하면 좋을 텐데…….

4차 산업혁명을 강조하면서 미래를 살아갈 역량을 키우도록 교육해보자는 세상이다. 주목받지 못하던 것에 관심을 갖고, 정형화된 생각에서 자유로워져야겠다. 가을 끝자락이다. 내 나라와 내 일터, 내 가족을 돌아본다.

가을 숲의 색채만큼 사람의 마음도 물든다.

전설을 ──── 열매에 담는다

나무는 열매에 어제의 사연과 내일의 바람을 담는다.

그리고 세상 속으로 돌려보낸다.

머무는 그곳에서 열매는 어미나무의 전설을 이어간다.

사람 세상에서는 아이들이 어제와 지금,

그리고 내일을 담는 소우주 아니던가.

그들에게서 먼저 온 미래를 배우고,

그들이 꿈꾸는 세상을 지지한다.

사람들이 단풍의 조화에 취해 있을 때 유채색 무대 뒤편에서 차분히 모양새를 단장해온 선수가 있다. 하루하루 낙엽이 더해지면서 알알이 실체를 드러낸다. 바로 열매이다. 사실 이맘때 생물학적으로 가장 존중받아야 할 대상은 열매이다. 열매가 무엇이던가? 한 나무의 과거와 현재, 미래를 모두 담고 있는 시공의 집합체가 아니던가. 이른 봄부터 눈을 틔우고 꽃을 피워 짝을 만난다. 그리고 온갖 세파를 딛고 생명의 정보를 계승한다. 세상사 이런 드라마는 없다. 십일월 숲길에서 열매에게 길을 묻는다. 열매 한 알 한 알마다 우주를 담아낸다.

사람들이 도심에서 사과·배·포도·감·복숭아 등 달콤한 과일 열매에 익숙해할 때, 숲에 사는 나무들도 저마다 열매를 만들고 그

속에 바람을 간직한다. 그 주옥같은 이야기가 십일월 숲길에 펼쳐
진다. 이제 겨울의 길목에서 나무들이 살아온 전설을 열매로 만나
보자. 나는 올 한 해 나의 과거와 현재를 어떻게 담아냈는지, 그리
고 지속 가능한 미래를 약속하고 있는지?

〈열매〉

지금 열매입니다.

어제 전설을 모두 모은
내일 바람을 낱낱이 새긴
지금 열매입니다.

어제, 내일, 그리고 지금이
모두 내게 있습니다.

열매의 본체는 씨앗이다. 장차 새로운 개체로 자라날 씨를 지니
고 있는 기관이다. 나무마다 씨방에 밑씨를 만들고, 꽃을 피워 곤충
을 유인해 꽃가루받이하고 수정해 씨를 만들었다. 이제 이 씨를 어

미나무에서 멀리 떨어진 장소로 보내 홀로 서게 해야 하는데, 발이 달린 것도 아니고 걱정이다. 그냥 어미나무 아래 떨어져 속절없이 썩어 소멸되고 말 것인가. 아니 갖가지 우여곡절을 거친 결정체인데, 만만하게 사라질 리 없다.

회나무 열매

역설적이게도 동물에게 맛있는 먹이가 되어 어미나무로부터 멀리 떠나는 전략을 세웠다. 대부분 나무는 동물이 좋아하도록 씨 주변을 달콤한 육질로 치장한 열매를 만든다. 동물이 먹으면서 씨앗을 뱉거나, 배 속에서 육질만 소화하고 씨는 똥으로 내보내는 것이다. 알면 알수록 절묘한 선택이 아닐 수 없다. 이렇게 동물의 배설물에 섞여 여기저기 흩어진다. 그리고 그곳에서 내일을 기약한다.

끝배나무, 참빗살나무, 회나무, 가막살나무, 대팻집나무, 비목, 노박덩굴, 백당나무, 덜꿩나무, 괴불나무, 딱총나무, 야광나무, 윤노리나무…… 빨간색 앙증맞은 열매를 맺는 나무들이다. 이 나무들의 열매는 본래 잎과 같은 색인 녹색이었다. 씨가 충분히 영글 때까지 보호색을 띠고 있던 셈이다. 그렇다면 열매가 익었을 때 빨간색인 이유는 무엇인가? 해답은 열매를 멀리 퍼뜨리고자 하는 나무의 전략에 있다. 이들 빨간색 열매 나무들의 파트너는 하늘을 날아다니는 새들이다. 바로 새의 눈에 잘 띄도록 빨간색을 선택한 것이다.

열매를 익히고 색을 변화시키는 프로세스에도 호르몬이 작용한다. 이 숙성 호르몬을 에틸렌C_2H_4이라 한다. 과일 유통업체에서 덜 익은 과일을 수확해 인위적으로 숙성시켜 소비자에게 판매하는데, 이때 숙성 처리하는 화학물질도 바로 에틸렌이다. 일조량이 줄어들고 일교차가 커지면서 식물체 내에서 에틸렌 분비도 많아진다. 바로 이 에틸렌이 열매의 육질을 부드럽고 달콤하게 만들고, 색깔도 빨갛게 만든다.

무더위가 한창일 때에는 분명 맛도 떫고 육질도 단단했다. 새도 먹을 엄두를 내지 못했을 것이다. 이제 모든 유전체를 씨앗 속에 담았으니 어서 빨리 새들을 유인해 어미나무로부터 멀리멀리 떠나가야 한다. 그냥 오라고 하면 마음 상하겠지. 새콤달콤한 육질에 빨간빛 메이크업이 선명하니 직박구리, 어치, 박새, 딱새, 동고비…… 모두 모여든다.

파란 하늘을 배경 삼아 알알이 박힌 빨간 열매들, 그리고 그 사이로 날아드는 숲 새들의 날갯짓이 분주하다. 팥배나무 가지에 올라앉은 어치가 나를 바라본다. 이내 익숙한 듯 분주히 고갯짓한다. 부리에 물고 있는 빨간 열매 한 알이 비로소 내일을 만난 듯하다. 어치가 내려놓는 어느 곳에서인가 굳세게 자라나길 기대한다. 십일월 어느 날 오후 계룡산 꼭대기, 멀리 떠나려는 나무 열매들과 먹이를 얻으려는 새들의 카니발이 한창이다. 이곳에서 우리는 손님이다.

사람에게는 도토리가 먹거리로 보이겠지만, 참나무에게 도토리는 유전자를 퍼뜨려줄 열매이다. 수많은 도토리가 어미나무 밑으로 떨어질 텐데, 이들이 싹을 틔워 어미나무만큼 자랄 수 있을까? 사실 복권에 당첨될 확률과 다르지 않다. 기골이 장대한 어미나무 밑에서 빛을 받는다는 게 어찌 쉽겠는가. 그래서 참나무는 스스로 다람쥐 먹이가 되어 이동하는 전략을 선택했다. 어느 날 천생연분 파트너 다람쥐를 만나 멀리 떠남으로써 그곳에서 새로운 개체로서 비상을 꿈꾼 것이다.

양 볼이 터지도록 도토리를 물고 있는 다람쥐를 본 적이 있는가? 그렇게 다람쥐는 도토리를 숲속 여기저기로 옮겨 꼭꼭 숨겨놓는다. 그리고 대부분 잊어버린다. 그렇게 다람쥐 기억에서 잊힌 도토리들이 이듬해 싹을 틔워 참나무로서 미래를 기약하는 것이다. 다람쥐의 유전자 속에 설계된 월동 스케줄과 자손 번성을 열망하는 참나무의 영특한 전략이 보조를 같이하니 참 절묘한 조합이 아닐 수 없다.

칠갑산 숲길에서 무수히 떨어진 도토리를 만난다. 둥글둥글한 굴참나무 도토리부터 뾰족뾰족한 졸참나무 도토리에 이르기까지 숲길이 온통 도토리 카펫이다. 나무 한 그루가 이렇게 많은 열매를 만들 수 있다는 게 실로 경이롭다. 자손 번식을 위해 치열하게 살

열매는 미래이다. 노박덩굴, 귀롱나무, 비목, 청미래덩굴.

계요등. 은방울꽃. 대팻집나무. 참빗살나무.

굴참나무와 졸참나무 도토리

아온 증거가 이곳에 다 모여 있다. 한 알 한 알이 모두 다 소중한 존재이다. 낙엽 사이로, 돌 틈 사이로 포지션이 제각각이다. 사람들의 발에 밟혀 깨진 것도 부지기수이다. 시작부터 비통하다. 어미를 떠나 홀로 선다는 것이 얼마나 험난한 일인지 보여준다. 그냥 지나치기가 미안하다. 도토리 몇 알을 주워 숲속으로 던져 넣는다.

인구 절벽 시대의 위기를 남의 이야기인 것처럼 흘려듣는 사람이 많다. 졸참나무 한 그루도 자손 번식에 이토록 총력을 기울이는데, 사람 세상은 어떻게 하자는 것인지 참으로 안타깝다. 알 만한 지식인조차 세상 탓만 하고, 개개인의 문제인 양 말잔치만 번드레하다. 사람이 있어야 경쟁력도 있을 것 아닌가. 지식인이 균형감을 지니고 바른 목소리를 내야 할 때이다. 도토리 숲길에서 사람 세상은 정말로 지속 가능한가 묻는다.

단풍나무, 신나무, 시닥나무, 복자기나무, 물푸레나무는 열매를 바람에 날려 멀리 떠나보낸다. 이들 열매는 육질이 없어 가볍고, 날개를 달고 있어 바람을 타기에 안성맞춤이다. 이러한 형태의 씨앗을 날개 시翅 자를 써 시과翅果라 한다. 양옆으로 비스듬히 대칭을 이룬 두 장의 날개를 보면서 많은 생각을 한다.

어떻게 이토록 정교한 비행 도구를 고안할 수 있었을까? 얼마나

많이 궁리하고, 얼마나 많은 시간을 지
새웠을까? 그렇게 치열하게 살아왔기
에 저렇게 창공을 날 수 있겠지. 지금
숲길마다 헬리콥터 수천 대가 비행을
마치고 차례차례 착륙하고 있다. 저마
다 희망의 보금자리로 안착한다. 화석

신나무 열매

연료를 전혀 쓰지 않은 무공해 자연 에너지를 동력으로 여기까지
왔다. 신생대 이후 1만 년의 시간 동안 단풍나무가 지상에서 만들
어낸 슈퍼 울트라 테크놀로지이다.

　동물의 먹이가 되든, 바람을 타고 가든 그렇게 열매는 어미로부
터 멀리 떠나간다. 건드리면 꼬투리가 툭 터져 씨앗이 멀리 흩어지
는 물봉선도 있다. 동물 털에 붙어서 정처 없이 길을 떠나는 쇠무
릎, 도둑놈의갈고리, 도깨비바늘, 도꼬마리, 짚신나물도 있다. 방법
만 다를 뿐이지 모두 생명의 연속성을 최우선으로 하는 존재의 이
유에 답한다. 각자 자기가 가장 잘할 수 있는 방법으로 홀로서기를
하는 것이다.

　숲길에 흩어진 쪽동백나무 열매를 모은다. 조상으로부터 이어진
전설과 내일의 바람이 담겨 있기에 한 알 한 알이 소중하다. 그 속
에 담긴 생명의 정보는 지구상 여느 생명체와 마찬가지로 동등하
다. 그렇게 진지했을 나무의 일상을 존중하면서 빠짐없이 숲으로
돌려보낸다.

쪽동백나무 열매

숲 세상에서 사람 세상으로 화제를 돌려본다. 숲에서 열매의 존재가 그렇듯이, 사람 세상에서는 우리 아이들이 어제와 지금, 그리고 내일을 담고 있는 소우주이다. 그들이 과거에서 배우고, 현재를 살며, 미래를 약속하고 있지 아니한가. 그렇다면 어른들이 생각하는 아이들은 어떤 존재인가? 홀로 서기를 하는 각양각색의 열매처럼 우리 아이들도 각자 자기가 잘할 수 있는 분야를 공부하면서 성장하고 있는지? 장차 자기 일터에서 존재감을 지니고 행복하게 살아야 하는데, 어른들이 만들어 놓은 기준으로 기획한 삶을 살고 있지는 않은지? 그리고 어른들은 그걸 보면서 마치 잘하고 있는 것처럼 착각하고 있지는 않은지?

아이들이 누구를 위한 삶을 살고 있는지 돌아본다. "당신의 아이는 당신의 소유가 아니다. 스스로 삶의 열망을 가진 존재이다. 그들은 당신으로부터가 아닌, 당신을 통해서 왔을 뿐이다. 당신과 함께하고 있지만, 당신의 소유는 아니다 / …… / 왜냐하면 아이들의 마음은 당신이 볼 수 없는 미래의 집에서 살고 있기 때문이다." 칼릴 지브란Kahlil Gibran이 《예언자The Prophet》에서 21세기 어른들에게 전하는 메시지는 단호하다.

어미나무의 유전체를 담고 열매는 세상으로 나아간다.

우리 모두 나만의 리그에 갇혀 자만하고 있지 않은지 돌아볼 일이다. 어른들이 세상을 읽지 못하고 아이들에게 과거의 기준만 요구하고 있지는 않은지 경계한다. 아이들은 벌써부터 미래를 향해 나아갈 준비를 하고 있는 꿈나무이다. 어른들이 아이들의 꿈을 가두고 생각을 지배하고 있지는 않은지 묻고, 또 묻고 답하면서 세대마다 일군 열매들이 전설로 빛나는, 그런 사람 세상이 지속되면 좋겠다.

　각양각색의 열매가 어미나무의 유전체를 담고 세상으로 나아간다. 어미나무는 믿음으로 격려한다. 새로운 삶터에서 어미나무보다 더 우량하게 성장하기를 기도한다. 사람들도 이렇게 가능성을 믿고, 아이들이 제 갈 길을 가도록 응원해주어야 하지 않겠는가. 지금 아이에게 교육하는 일들이 진심으로 아이의 미래를 위한 일인지 돌아보자. 그리고 더 이상 아이의 미래를 재단하지 말자.

　씨가 열매로 여무는 것을 결실이라 한다. 일이 잘돼서 성과를 얻는 것도 결실이라 한다. 아이들 교육의 결실은 무엇인가? 전국 시도 교육청 교육지표와 교육목표를 살펴보면 하나같이 '행복'이라는 단어를 사용한다. '행복한 교육, 행복한 학교, 행복한 인재 육성.' 행복하기가 얼마나 어려우면 이럴까 하는 생각도 들고, 행복을 핑계로 또 다른 경쟁을 펼치고 있는 것은 아닌지 의구심도 든다.

　물론 교육의 결실을 행복으로 삼는 것에 전적으로 동의한다. 행복하자고 사는 것인데, 이를 위해 교육이 헌신하는 것에 이견은 없

숲에서 지금 행복하고 미래를 약속하는 세상을 만난다.

을 것이다. 다만 문서에만 존재하는 행복 교육이 아니길 기대한다. 지금 필요한 것은 교육자들의 자발적이고 적극적인 실천이다. 엄동에 들어서고 밤은 더욱 길어진다. 우리 교육이 어른들만의 말잔치로 오락가락하지 않았는지 돌아본다. 지금 행복하고 미래를 약속하는 진심 교육을 기대한다.

겨울

뿌리는 —

—

흔들리지 않는다

뿌리는 나무의 정보 집합체이다.

세상 경험과 지혜를 모두 담고, 새롭게 펼쳐질 역사를 쓴다.

뿌리의 힘으로 만든 세상이 땅속에 있다.

십이월! 내가 나에게 편지를 쓴다.

건강하게 살아주어 고맙다.

좋은 사람 만나게 해주어 고맙다.

일터에서 내 존재의 이유를 분명히 해주어 고맙다.

남중고도가 낮아지는 십이월이다. 낮의 길이도 짧아지고 체감 추위도 심하게 느껴진다. 8시가 다 돼야 동이 트기 시작하니 아침형이 아닌 사람도 생각지 않은 일출을 보게 된다. 따뜻한 커피 한 잔으로 여유를 부려본다. 에드바르드 그리그Edvard Grieg의 〈페르귄트 아침Peer Gynt-Morgenstimmung〉이 흐르고, 여명이 커튼 사이로 스며든다.

한 해를 마무리하는 시간이다. 스스로 돌아보고 겸손해지지 않는 사람이 어디 있겠는가. 누구나 '다사다난했던 한 해'라는 수식어를 가지고 하루를 시작한다. 그리고 돌아본다. 버려야 할 것, 남겨놓고 가야 할 것이 여전히 한가득이다. 가져가야 할 것은 무엇인가?

비움과 채움을 생각한다. 비운다는 것은 얼마나 기분 좋은 일인가. 비움에 채움의 시작이 있고, 그래서 삶에 활력을 주는 모티브가 있지 아니한가. 비움과 채움의 신진대사가 깨질 때 사람의 몸도 공동체의 시스템도 망가지고 만다. 비워야 할 때와 채워야 할 때를 안다는 것이 이토록 중요하다. 박경리의 〈옛날의 그 집〉에 가본다. "그 세월, 옛날의 그 집 / 나를 지켜주는 것은 / 오로지 적막뿐이었다 / …… / 모진 세월 가고 / 아아 편안하다 늙어서 이리 편안한 것을 / 버리고 갈 것만 남아서 참 홀가분하다." 〈옛날의 그 집〉에서 미리 온 내일을 본다. 그리고 내가 비움으로써 남을 위대한 유산은 무엇인지 생각한다.

숲 나무들이 십이월을 맞이하는 자세는 그야말로 경이롭다. 격렬하던 컬러 체인지로 잎사귀들과 이별하고, 남은 유산도 열매로 떠나보냈다. 버릴 것은 버리고, 비울 것은 비웠다. 이제 남은 과업은 오롯이 자신을 지키는 일이다. 어떻게 혹한을 이겨낼까? 벌거벗은 나무로는 믿음이 가지 않는다. 이제 뿌리에 주목하자.

여기저기 흩어져 있던 에너지를 뿌리로 모은다. 뿌리에 그동안의 경험과 지혜를 모두 담고, 서너 달 후 새롭게 채울 역사를 계획한다. 이 과정을 수억 년 반복해왔다. 그 기록이 뿌리에 있다. "불휘 기픈 남간 바라매 아니 뮐쎄 / 곶 됴코 여름 하나니." 〈용비어천가〉에서도 뿌리가 근본이라 말한다. 뿌리 깊은 나무가 바람에 쉬이 흔들리겠는가. 꽃이 만발하고 열매도 많이 열리리라. 나무에게 환란이 있어 꺾이고 깨질지라도 뿌리가 있어 소생하지 않는가. 그렇다. 뿌리는 나무의 정보 집합체이고, 온갖 분석과 판단을 행하는 브레인이다.

뿌리의 힘은 참으로 위대하다. 이토록 거대한 나무를 수백 년 지탱해오는 동안 수많은 좌절과 극복이 있었을 것이다. 어디 그뿐이겠는가. 한창인 계절에는 흙 속이든 바위틈이든 가릴 것 없이 파고 들어 물과 영양염류를 흡수하는 전위대였고, 이제 겨울에는 그동안 나무가 만든 양분을 저장해두고 내일을 기약한다. 나무마다 굵은 원뿌리로 몸체를 굳건히 고정하고, 원뿌리에서 잔뿌리를 무수히 내어 흙을 단단히 붙잡는다. 그리고 잔뿌리에서 잔뿌리가 나오고, 그리고 또 잔뿌리……. 그렇게 흙과 접하는 표면적을 넓히며 나무마다 제 영토를 만든다. 밖으로 보이지 않기에 간과하던 세상, 바로 뿌리의 힘으로 만든 세상이 땅속에 있다.

　뿌리의 영토를 더욱 넓혀주는 도우미가 있다. 바로 곰팡이이다. 이를 균근菌根, Mycorrhizae이라 한다. 균근은 나무의 뿌리털에 공생하는데, 뿌리 세포 속에 공생하는 내생균근과 세포 사이에 공생하는 외생균근으로 구분한다. 이 균근은 흙 속으로 균사菌絲를 내어 수십 미터 이상 퍼져나간다. 이 균사가 생장하면서 흡수하는 수분이나 질소, 인 같은 영양염류도 나무의 잔뿌리 속으로 운반된다. 뿌리 입장에서 보면 곰팡이의 도움으로 영토가 넓어지고, 흙 속에 자원도 충분히 확보하니 큰 이득이다. 이에 대한 보상으로 균근은 나무로부터 포도당 같은 유기물을 제공받아 에너지원으로 쓴다. 나무와 곰팡이의 절묘한 어울림이다. 균근과 동맹을 맺은 나무가 그렇지 않은 나무보다 훨씬 잘 자란다. 사람 사이에도 이에 못지않

소나무 연리목

은 돈독한 관계가 있을 것이다. 서로에게 위로가 되고 이득이 되는 관계를 생각한다.

나무는 뿌리로 이웃 나무와 만난다. 잔뿌리와 균근으로 서로 얽히고설켜 영토를 공유하고 긴밀하게 소통한다. 심지어 종이 다른 나무 사이에도 네트워크를 만든다. 간밤에 추위는 잘 견뎌냈는지, 부러지고 깨진 곳은 없는지, 어디 아픈 곳은 없는지. 매일매일 안부를 묻고 산다. 함께하면 그만큼 덜 힘들고 위안이 되기 때문이리라. 그러고 보니 사람들이 함께 모여 장터를 만들고, 기업체도 비슷한 업종끼리 클러스터를 구축하는 것이 모두 같은 원리이다.

그렇게 나무들은 공존의 뿌리를 매개로 함께 물도 저장하고 추위도 막아낸다. 심지어 이웃 나무가 배고파하면 옆에 있는 나무가 영양분도 보내준다. 또한 자기가 병에 걸리면 이웃 나무에 신호를 보내 방비를 튼튼히 하도록 배려한다. 이웃 나무끼리 사랑이 깊어한 몸체가 된 연리목連理木도 있지 아니한가. 사람들도 그러면 좋겠

다. 땅속뿌리 세상에서 지속 가능한 공존을 배운다.

이처럼 공동체를 유지해온 덕분에 나무는 유장한 세월을 살고 있다. 나무들마다 확정된 각자의 자리를 지키면서 이웃과 끊임없이 공존을 이야기한다. 이웃 나무에 변고가 생겨 고사해버리면 그 옆에 있는 나무도 얼마 지나지 않아 죽고 만다. 그들에게 돈독한 의리가 있고 존중이 있다. 그러니 뿌리 공동체가 사람들에게 전하는 메시지는 참으로 신랄하다. 사람 세상에도 뿌리 공동체를 본뜬 '풀뿌리 민주주의'라는 유사품이 있다. 시민들이 참여하는 민주주의로 공존과 공영을 지향하는 깊은 뜻이 담겨 있다. 부디 명분만 따지다가 유사품으로 사라지지 말고, 사람들이 행복한 세상을 만드는 데 기여하기를 갈망한다.

〈뿌리〉

뿌리의 길을 걷는다.
대수롭지 않게 밟고 다녔겠지.
우리가 언제 이들처럼
먼 미래를 보고 산 적이 있는가.
마음을 가다듬고
뿌리 사이로 발을 딛는다.

한평생 제자리를 지켜온 나무를 바라본다. 밖으로 불거진 뿌리가 생각을 멈추게 한다. 우리가 나무만큼 먼 미래를 내다보며 산 적이 있는가. 사람보다도 현명하게 겨울을 나고 있는 숲 나무에게서 지혜를 배운다.

공동체 속에서 관계를 유지하는 이유는 무엇인가? 숲 나무들의 뿌리 공동체처럼 서로서로 격려하고 위로하면서 공존의 삶을 누리고자 함이 아니던가. 사람의 공동체는 어떠한가? 그야말로 무한 경쟁과 무한 책임으로 가득한 일상이다. 지나친 겸손과 위로로 자신의 질투와 교만을 숨긴다. 당최 진정성이 보이지 않는다. 온갖 권모술수에 교언영색巧言令色까지, 성과 지상주의를 숭배하면서 서로가 서로에게 얼마나 잔인한가.

길은 제대로 보이는가? 여전히 정글 같은 미로 속에서 끝없이 절망하고 있지 않은가. 시스템의 폭력에 세뇌당하면서 자기 자신을 경멸하는 자기 비하 증세까지 앓고 있지 않은가. 눈을 크게 뜨자. 너도나도 모두 참 소중한 존재인데, 이 금쪽같은 시간을 이렇게 허비할 수는 없다. 이 경색된 사고에서 탈출하는 대반전이 필요한 때이다. 우선 자기 이름부터 부르면서 "오늘도 수고했다. 고맙다" 스스로를 위안하자.

묵은해를 보내고 새해를 맞이하는 덕담이 오고 간다. "근하신년! 삼가 새해를 축복하옵니다. 새해 복 많이 받으시고 소원 성취하세요." 한 해 동안 함께해온 가족, 친지, 그리고 지인들과 온정을 주고받는다. 그동안 숨 가쁘게 달려오느라 챙겨볼 여유도 없었지만, 이맘때만큼은 생존 신고라도 하게 된다. 문자로, 동영상으로 스마트폰 알림음이 분주하다. 간간이 오는 신년 카드도 반갑다. 십이월에 비로소 사람 세상에 사람의 향기가 보인다.

세라 브라이트먼과 안드레아 보첼리의 〈당신과 함께 떠나리Con te partiro〉로 십이월의 감성을 격하게 만든다. "혼자일 때면 수평선을 꿈꾸며 침묵에 잠깁니다. 그래요, 알아요. 빛이 없다는 것을. …… 안녕이라고 말할 시간입니다. 내가 한번 보았고 당신과 함께 살았던 나라, 지금부터 나는 거기서 살렵니다. 당신과 함께 떠나렵니다." 세기적 팝페라 가수의 음색이 웅장한 오케스트라 연주와 어우러져 천상의 소리로 들려온다.

한 해를 마무리하면서 〈당신과 함께 떠나리〉는 각별하다. 굳이 이별이나 작별 인사로 듣지는 말자. 안녕으로 새로운 만남과 새로운 시작을 준비하고 희망을 부르자. 바로 내 옆을 지켜준 좋은 사람들과 더 좋은 만남으로 새해를 함께하리라 약속한다. 세밑 덕담이 오고 간다. 사람 세상이 따뜻하다는 증거이다.

그러고 보니 내가 나에게 안부를 물은 적이 없다. 나 자신에게 이토록 가혹했으니 내 영혼이 얼마나 힘들었겠는가. 참 미안하다. 사실 묵묵히 나를 지켜온 온몸의 세포 하나하나가 주인공인데, 일만 시키고 대우해준 적이 없다. 그들에게도 칭찬과 격려가 필요하다.

잠시 일상을 접고 '내가 나에게 부치는 편지'를 쓴다. "덕분에 잘

산정에서 바위 군상과 내가 한마음으로 안녕을 나눈다.

살았어. 미안하고 고맙고 그래. 어디 다친 데는 없니? 내년에는 잘 해줄게." 나에게 내가 안부를 전한다. 다른 사람에게 상처 주지 않고, 내 옆 사람에게 최선을 다한 내가 얼마나 대견스러운가. 그리고 내 존재의 이유가 분명했으니 얼마나 당당한가. 지금 충분히 행복해. 십이월, 내가 나에게 무한한 찬사를 보내면서 지는 해와 함께한다.

〈십이월 편지〉

건강하게 살아주어 고맙다.
올해도 나를 온전히 지켜주어 고맙다.

십이월이 오면 사람 세상에 사람의 향기가 보인다.

온갖 스트레스 받아주고 이겨내어 고맙다.
잔머리 쓰지 않고 정통하게 살아주어 고맙다.

좋은 사람들을 만나주어 고맙다.
다른 사람에게 상처 주지 않아 고맙다.
내 옆 사람들에게 정성을 다해주어 고맙다.
좋은 만남으로 좋은 생각을 갖게 해줘 고맙다.

일터에서 최선을 다해주어 고맙다.
내게 맡겨진 책무에 충실해주어 고맙다.
핑계와 변명 없이 역할을 다해주어 고맙다.
내 일터에서 내 존재의 이유를 분명히 해주어 고맙다.

첫눈이 내린다. 누구에게나 '처음'은 설레는 말이지 않은가. 첫눈에서 다사다난한 사연들을 보듬는 카타르시스를 만난다. 좋던 일들에 감사하면서 힘들던 일들을 담아 내린다. 그리고 생각한다. 처음 품은 마음으로 돌아가자. 첫 마음가짐을 되새기며 첫눈 내리는 숲길에 들어선다.

요즈음 살면서 꼭 해보고 싶은 일을 정해 실행하는 '버킷 리스트' 만들기가 유행이다. 운동, 예술, 여행, 공부, 재테크 등 사람마다 취향이 다양하다. 배낭을 꾸려 내가 살고 있는 우리 산하 숲길 곳곳을 걷는 미션도 좋겠다. 천천히 느리게 걸으면서 자신을 위로하고, 지금 존재하고 있음이 얼마나 감사한 일인지 느껴보자.

아울러 '그만둘 일 리스트'도 만들어보자. 피동적인 일상, 말초적 유흥, 사람 사이의 억지 관계 등 폐기해야 할 목록을 만들어 과감히 정리하자. 버릴 것은 버리고 남길 것은 남기는 지혜를 숲 나무들에게서 배우지 않았는가. 우리도 그렇게 해보자. 지는 해를 보면서 새로운 시작을 생각한다. 미니멀하게 산뜻한 마음으로 '밝고 신선한' 새해를 맞이한다.

지는 해를 보면서 '소중한 나'를 생각한다.

겨울나무는 ──── 생각한다

나무에게는 이웃하고 있는 나무가 친구이다.
그들이 실천하고 있는 우정이 그들을 지속 가능하게 하고,
나아가 숲 전체를 튼튼하게 만든다.

겨울나무는 배려와 존중으로 겨울 숲을 사랑장場으로 만든다.

겨울나무에게서 이웃을 위하면서

궁극적으로 자신을 지키는 이타적 공존을 배운다.

한겨울 숲에서 만나는 바람은 참 포근하다. 겨울나무들이 찬바람을 그냥 통과하도록 내버려두지 않기 때문이다. 그들은 서로 힘을 모아 칼바람을 붙잡고, 시린 냉기를 사랑의 온기로 돌려놓는다. 그래서 겨울 숲은 사랑장이다. 온갖 에너지가 조화를 이루는 중력장이 지구에 있듯이, 온갖 바람이 정담을 나누는 사랑장이 겨울 숲에 있는 것이다. 벌거벗은 나무들로 얼기설기한 숲이 포근하다고? '나만 아니면 돼' 아등바등 사는 사람들에게는 생뚱맞은 소리이다. 잠시 내려놓고 숲으로 가자. 공존의 온도를 나누며 혹한을 견디는 겨울나무의 이야기를 들어보자. 그리고 도심에서 잊고 살던 '너와 나, 그리고 우리'도 만나보자.

　사람 세상이 금전과 유흥, 잔꾀 그리고 지나친 경쟁으로 상흔

나무는 겨울에도 바람을 거스르지 않는다.

傷痕이 이만저만이 아니다. 자기 허물은 뒤로하고 남 탓하기 바쁘다. 일이 잘되면 자기 덕분이고, 못 되면 남 때문이다. 가끔 남을 위하는 척하면서 궁극에는 자기 몫만 강렬히 챙기는 이기적 유전자의 전형을 본다. 그들에게서 이타적 성찰을 기대하기란 쉽지 않다. 그럼에도 불구하고 포기하지는 말자. 우리는 슬기로운 사람 '호모 사피엔스 *Homo sapiens* Linné'의 후손이 아니던가. 겨울 숲 나무에게서 함께 사는 지혜를 배우자. 그리하여 사람 세상도 덕을 나누며 사는 사랑장으로 소생시켜보자.

"나무야, 옷 벗은 겨울나무야 / 눈 쌓인 응달에 외로이 서서 / 아무도 오지 않는 추운 겨울을 / 바람 따라 휘파람만 불고 있느냐." 텔레비전 어린이 방송에서 이원수의 〈겨울나무〉가 흐른다. 서쪽 하늘 초승달과 샛별, 시린 바람 소리와 보글거리는 청국장이 어우러진 겨울날 저녁 시간이다. 또랑또랑한 눈망울로 두 손을 모은 어린 가객의 노래는 그야말로 천상의 울림이다. 동심미민童心未泯이다. 온 세상이 어린이 마음만 같아라.

온 나라 아이들이 이 시간이면 대부분 텔레비전 앞에 모여 있겠지. 그 눈빛만 상상해도 가슴이 뭉클하다. 그 아이들이 생각하는 맑은 세상, 공감의 세상을 위해 어른들은 얼마나 최선을 다하고 있을까? 이 세상 모든 어른이 욕심을 내려놓고 어린이 마음을 닮으면 얼마나 좋을까? 아이들은 겨울나무가 추울까 봐 걱정인데, 어른들은 어떻게 하면 하나라도 더 챙길까 급급하다. 아이들의 걱정이 나무에게는 힘이다. 눈보라가 휘날려도, 칼바람이 불어도 좋다. 겨울나무는 세상 어린이 마음같이 늘 한자리에서 한결같다. 온 세상 어린이의 응원으로 겨울나무의 밤은 언제나 포근하다.

겨울 숲에서 하늘을 올려다본 적이 있는가? 숲에서 파란 하늘을 배경으로 겨울나무를 올려다보는 일은 극적이다. 잎으로 가려져 미처 생각지 못한 나뭇가지들의 위엄찬 자태, 수관을 확인할 수 있다. 층층나무가 왜 숲속의 무법자로 위세를 떨칠 수 있었는지, 서어나무가 왜 그렇게 많은 잎을 달고 있었는지, 물푸레나무 가지는 왜 옆으로 퍼지지 못했는지 겨울나무 가지가 말해준다. 겨울 숲에서 하늘을 올려다보자. 숲 나무들이 그곳에서 태어나 겪어온 시간

의 치열함과 불굴의 역사가 겹쳐진다.

숲속 나무들의 가지 뻗기에서 이웃 간의 공간적 배려를 배운다. 나무가 빽빽이 들어선 곳에서는 가지가 뻗는 각도를 작게 하고, 좀 여유가 있는 곳에서는 옆으로 넓게 뻗는다. 그렇게 형편에 따라 다양하다. 중요한 것은 나무가 가지를 뻗을 때 이웃 나무의 가지와 맞닿지 않도록 조심한다는 것이다. 서로 마주 보지 않는 쪽으로 더 크고 많은 가지를 만든다. 그들 사이에 나눔이 있고 존중이 배어 있다. 그렇게 나무들은 이웃하는 나무와 절친切親으로 산다. 그들이 실천하는 우정이 그들을 지속 가능하게 하고, 나아가 숲 전체를 튼튼하게 만든다.

"배려는 선택이 아니다. 공존의 원칙이다. 사람은 능력이 아니라 배려로 자신을 지킨다. 사회는 경쟁이 아니라 배려로 유지된다." 겨울 숲 나무들에게서 한상복의 〈배려〉를 만난다. 자기가 가진 것에 대해 늘 불평불만을 늘어놓고, 남의 것을 탐하고 빼앗는 데 익숙한 자들이 모여 사는 세상이 건강할 리 없다. 마음으로만 또 말로만 휴머니즘은 그만하고, 행동으로 실천하는 지성이 절실한 시절이다.

사람의 몸을 피부가 감싸듯 나무에게도 보호막이 있다. 바로 나무껍질, 수피이다. 나무줄기에는 코르크 형성층이라는 세포분열 조직이 있다. 이 조직이 성장하면서 죽은 세포들이 바깥쪽으로 쌓여 나무껍질이 만들어진다. 나무껍질이 나무를 보호하고 온기를 지켜주는 것은 당연하다. 그뿐 아니라 해충의 공격이나 곰팡이, 바이러스 등의 감염에 대한 일차 방어선이기도 하다. 그러면서도 수많은 작은 미생물에게 적정한 온도와 습도 그리고 영양분을 제공해주는 안식처 역할을 한다. 숲 생태계 안에서 나무껍질 자체가 또하나의 작은 생태 보금자리로 기능하는 것이다.

싸늘히 껍질을 도둑맞은 나무를 본다. 그 모습이 엄동설한에 내쫓긴 박씨네 춘길이와 다를 바 없다. 지금이야 아동 학대로 당장 잡혀갈 일이지만, 어른들 하루살이 시름을 감정으로 풀던 시절이니 아이들도 자유로울 수 없었다. 입는 옷도 참 허술했다. 지금 아이들은 완전체에 가까운 방한복으로 무장하지만, 산업화 시대에 어찌 그랬겠는가. 바람이 숭숭 들어오는 폴리에스테르 솜 점퍼 하나가 전부였다.

그나마 그것이라도 있으면 은수저쯤 됐다. 세상에 단 하나뿐인 수제 털실 스웨터 하나, 대대로 기워 입은 내복 하나로 겨울에 맞섰다.

껍질을 빼앗긴 채 세월을 버텨낸 소나무를 만난다. 일제강점기 전쟁 물자용 송진을 채취한다는 구실로 수탈당한 상흔이다. 우리 역사가 아프고 쓰라리다. 참 악랄했다. 지켜주지 못해 너무 미안하다. 살아남아 정말 고맙다. 안면도 숲에 가보시라. 주왕산 주봉에 올라보시라. 우리 산 어디라도 올라보시라. 처절한 역사를 만나보시라. "역사를 기억하지 못하는 자, 다시 그 역사를 반복할 것이다." 조지 산타야나George Santayana의 메시지가 폐부를 찌른다. 소나무의 상흔이 역사의 반복성을 경계하라 일깨운다. 이 땅에서의 선량한 삶이 또다시 망가지지 않도록 함께 힘을 모으자.

눈서리로 가득한 겨울 숲에서 나무 이름을 척척 말하는 사람을 보면 참 신기하다. 그렇다고 기죽을 필요는 없다. 관심과 사랑을 가지면 누구나 그렇게 할 수 있다. 아무튼 가진 것도 없이 앙상한데, 도대체 무엇으로 구별할까? 바로 나무껍질에 해답이 있다. 나무껍질, 수피의 무늬는 나무마다 다르다. 나무에게는 수피가 얼굴인 셈이다. 또 나무껍질에는 피목皮目이라고 하는 숨구멍이 있어 바깥 공기와 기체교환을 하는데, 이 피목 형태도 나무마다 다르다.

피목을 포함한 나무껍질의 문양은 본래 유전적으로 결정되는 종種 특이적 형질이다. 물론 나무의 나이, 영양 상태, 자라는 장소 등에 따라 변이가 있을 수 있다. 대부분 나무는 껍질 무늬가 세로

소나무는 역사다.

방향으로 나 있는데, 산벚나무는 피목의 배열이 줄기를 가로로 둥글게 감싸 구별된다. 찌는 여름날 연분홍 깃털 같은 꽃(실은 수술이다)을 피워 유혹하던 자귀나무는 곰보처럼 점점이 박힌 피목 무늬가 뚜렷하다.

대팻밥처럼 껍질이 세로로 말린 다릅나무, 코르크층이 두툼하게 덮여 골이 파인 굴참나무, 다이아몬드 모양의 피목이 조밀하게 새겨진 까치박달나무, 오래된 나무 묘비처럼 작은 껍질 조각이 더덕더덕 붙어 있는 비목나무, 회색빛 시멘트 전봇대처럼 허여멀건 서 있는 느티나무. 숲에서 조금만 주의를 기울이면 쉽게 알아차릴 수 있는 나무들이다.

하얀색 껍질이 종잇장처럼 여러 겹으로 붙어 있어 불에 태우면 자작자작 소리가 난다. 바로 자작나무이다. 자작나무와 비슷해 보이나 비교적 껍질이 누런색인 거제수나무도 있다. 박달나무는 볼품없이 두껍고 큰 껍질이 덕지덕지 붙어 있다. 말채나무는 감나무처럼 작고 두꺼운 조각 껍질이 투박하게 뒤덮여 있다. 숲속에 웬 감나무가 있나 오해할 만도 하다. 층층나무는 매끈한 나무껍질에 하얀색 선 무늬가 세로로 새겨졌는데, 마치 지렁이가 무수히 기어가는 듯한 모습이다. 층층나무를 지렁이나무로 기억해도 좋겠다.

사람주나무 껍질은 별다른 무늬 없이 하얀색으로 매끈하다. 그 비주얼이 마치 새색시의 뽀얀 종아리를 닮았으니, 새색시나무이다. 노각나무는 껍질이 사슴뿔 무늬를 닮아 녹각鹿角, 노각이다. 야

겨울나무는 나무껍질, 수피로 이름을 말한다. (위) 서어나무, 층층나무, 굴피나무, 굴참나무. (아래) 까치박달나무, 졸참나무, 물푸레나무, 노각나무.

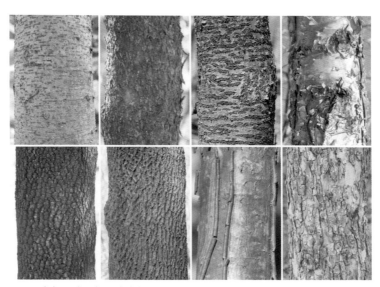

(위) 느티나무, 비목나무, 산벚나무, 거제수나무,
(아래) 말채나무, 상수리나무, 다릅나무, 아까시나무.

광나무에는 회색빛 조각 껍질이 투박하게 덮여 있다. 서어나무는 숲속의 보디빌더, 근육 나무이다. 회색빛 매끈한 나무줄기의 볼륨이 잔근육으로 다져진 보디빌더의 팔다리 근육과 같다. 서어나무를 볼 때마다 군살 없이 부끄럽지 않게 살아야지 하는 생각이 든다.

숲에서 유난히 검은색인 나무를 만나면 십중팔구 때죽나무이거나 쪽동백나무이다. 때죽나무라는 이름이 재미있는데, 열매를 으깨 빨래를 하면 때가 죽 빠진다는 데서 유래했다. 누군가는 열매를 빻아 물에 넣으면 물고기가 떼로 죽어 떼죽나무라고도 한다. 쪽동백나무는 열매가 동백보다 작아 이름에 '쪽' 자를 붙였다. 쪽동백 씨앗으로 기름을 내어 머릿기름으로 사용했고, 호롱불 기름으로도 요긴하게 썼다. 동백이 자라지 않는 내륙 지방 민초들에게는 참으로 고마운 나무였다.

산초나무, 초피나무, 엄나무, 아까시나무 등 가시가 있는 나무도 찾아보자. 산초나무와 초피나무를 구별하기가 쉽지만은 않다. 작은 가시가 어긋나게 있으면 산초나무, 마주나 있으면 초피나무이다. 여름이 되면 숲길에서 산초나무와 초피나무를 찾아보자. 그리고 잎을 한 움큼 쥐고 비벼 냄새를 맡아보자. 특유의 테르페노이드terpenoid 향기가 피곤을 해소하고 머리를 맑게 해준다. 뾰족한 가시의 위세가 엄해 귀신도 물러간다 하여 엄나무이다. 아까시나무는 어느 것 하나 버릴 게 없다. 꽃은 벌꿀로, 잎은 염소와 토끼의 맛난 먹이로, 줄기는 땔감으로 요긴하다. "아~까시! 흔하다 하여 가볍게 생각하지 말아주세요" 하는 메시지를 전하는 듯하다.

가지를 꺾어 물에 담그면 물이 파래진다 하여 물푸레나무이다. 물푸레나무 껍질은 회색빛 바탕에 하얀색 얼룩 문양이 박혀 쉽게 구별할 수 있다. 그 문양이 마치 얼굴에 피는 버짐 같다. 지금이야 피부 관리를 잘못해서 생기지만, 보릿고개를 넘던 시절엔 영양실조로 웬만한 아이들이 버짐을 달고 살았다. 먹을 것이 바닥나 겨우내 아끼고 아낀 보리쌀과 굶은 고구마로 근근이 끼니를 이어갔으니 영양 섭취가 오죽했겠는가. 친구들마다 창백한 얼굴에 허연 훈장을 달고 철없이 히죽이곤 했다. 빡빡머리에 기계독까지 얻어 고생했으니 얼굴이고 머리고 온전한 아이들이 없었다. 그런 강을 건너고 건너 지금에 이르렀으니 기적 같은 일이다. 감사할 뿐이다.

계룡산 숲길에서 스마일smile 그림이 그려진 물푸레나무를 만났다. 어느 마음 너그러운 이의 위트였겠지. 절로 미소가 지어진다. 동심으로 돌아가 한동안 바라보다가 기억 속 옛 동무들을 불러 모은다. 거친 겨울도 동무들이 있어 포근했다.

겨울나무 숲길에 어김없이 새해 빛이 찾아든다. 나무들도 서로서로 안녕을 약속한다. 살다 보면 잘될 때도 있고, 안 될 때도 있겠지. 다 괜찮을 거야. 사람 세상도 함께하기에 따뜻하리라.

새해 빛으로 약속한다. 함께하니 사람 세상이 따뜻하다.

숲에서 ——

길을 묻는다

겨울은 비워야 할 것과 채워야 할 것을
깨닫게 해주는 계절이다.
겨울 숲에서 멈춘 듯 성장하는 지혜를 배운다.
그렇게 겨울을 넘고 넘어 어른이 된다.

산정을 홀로 지킨 천년 나무 앞에 선다.

삶의 경계가 무슨 의미가 있겠는가.

이 순간 알량한 가치와 철학이 멈추고 부끄러움이 앞선다.

해 질 녘 삭풍에 흩날리는 눈발을 거슬러 집으로 간다. 함박눈이라면 마음이라도 포근할 텐데, 위아래 방향 없이 휘몰아치는 사나운 눈발에 심장까지 얼어붙는다. 얼른 집에 가 소여물부터 챙겨야 한다. 우리 집 재산목록 1호 왕눈이가 말라붙은 구유를 요란스레 핥아대며 나의 귀환을 반긴다. 서둘러 볏짚과 콩짚을 작두에 넣고 시린 눈발과 함께 썬다. 왕눈이가 비로소 안심한 듯 커다란 눈망울을 껌벅거린다. 부엌까지 달려든 눈발이 여물 끓는 소리와 어우러져 솥단지 위에서 춤을 춘다. 딱히 마음을 기댈 여유도 없던 겨울 저녁, 왕눈이와 함께한 일이 눈에 선하다.

"늦은 저녁 때 오는 눈발은 / 말집 호롱불 밑에 붐비다 / 늦은 저녁 때 오는 눈발은 / 조랑말 발굽 밑에 붐비다 / 늦은 저녁 때 오는 눈발은 / 여물 써는 소리에 붐비다 / 늦은 저녁 때 오는 눈발은 / 변두리 빈터만 다니며 붐비다." 박용래의 〈저녁 눈〉은 베이비부머 세대에게는 겨울 회상이다. 그 시절 저녁은 휑한 신작로와 텅 빈 골목, 그리고 어슴푸레 어둠을 뚫는 굴뚝 연기로 채색된다. 그 풍광에 더해진 눈발이 때론 포근하기도, 때론 참 스산하기도 했다.

"내일이 입춘이래." 강추위로 말문이 막힌 서민들에게 입춘은 그야말로 해방구였다. 서툰 붓으로 '입춘대길立春大吉' 넉 자를 써 대들보에 붙이면서 "이제 봄이 왔구나" 했다. 입춘이 양력 2월 초입에 있으니 2월부터 봄이 왔다고 자기 세뇌하면서 모진 엄동嚴冬을 외면하려 했음이라. 양지바른 담벼락에 온몸을 바짝 붙이고 겨울 햇살의 따스함에 안도하곤 하던 시절. 지금 생각하니 그 모습이 체온을 유지하기 위해 일광욕하는 파충류와 다를 바 없다고나 할까. 겨울은 그렇게 가혹했다.

중학교 졸업반 막바지에 고등학교 입학시험을 마치고 엄동설한 석 달을 산속에서 살았다. 산자락 발매 일을 맡아 나무를 전부 베어내는 노동을 했다. 새벽에 톱과 낫, 점심 도시락과 짠지 반찬통을 실은 손수레를 끌고 시오리를 걸었다. 온종일 크고 작은 나무를 베고 모으고, 점심때면 잔가지로 불을 피워 도시락을 데워 먹던 기억이 생생하다. 손수레에 땔나무를 산더미처럼 싣고, 저무는 해를 재촉해 되돌아오곤 했다.

그때 오가던 그 신작로, 그리고 그 길에서 수없이 반복했을 소년의 다짐. 지금은 시원스레 4차선 아스팔트 도로가 되어 수많은 차량이 오고 가지만, 내게는 칼바람에 눈물 날리던 고행길이었다. 석달 동안 글자 한 자 못 보고 도회지 학교에 들어갔으니 성적이 오죽했겠는가. 누구나 알 만한 학습서로 선행 학습한 아이들이 내게는 외계인처럼 보였다. 그렇게 겨울 숲은 가혹한 기억으로 남았다. 온 살갗과 온 마음이 다 갈라지던 그 시절, 그때의 만병통치약 안티프라민을 잊지 못한다.

그래도 사람의 삶에서 겨울만큼 희망을 이야기하는 계절도 없는 듯하다. 그만큼 자신을 성찰하고, 생각을 정리할 수 있는 기회의 계절이다. 겨울은 채워야 할 것과 비워야 할 것을 깨닫게 해주는 계절이기도 하다. 또한 멈춘 듯 성장하는 계절이다. 숲에도 겨울 동안 줄기가 마르지 않고 견디다가 봄에 새순을 내는 인동이라는 덩굴식물이 있다. 멈춰 보이지만, 실은 참고 견디며 길을 묻고 있던 것이다. 참을 인忍 겨울 동冬이다. 그래서 은근과 끈기로 환란을 이겨낸 사람들에게 '인동 같은 삶'이라는 표상을 붙인다.

추우면 따뜻한 나라로, 더우면 시원한 나라로 오가는 사람이 얼마나 되겠는가. 제자리에서 혹한을 껴안고 사는 사람들이야 겨울 숲을 지키는 벌거벗은 나무와 다를 바 없다. "겨울이 따뜻하면 흉년이 든다. 겨울에 눈이 많이 와야 풍년이 든다." 겨울이 추워야지 하면서 거꾸로 희망을 이야기한다. 그 속내에는 추위에 떠는 자에 대한 연민도 있고, 따뜻함의 소중함을 일깨우는 반전도 숨어 있

겨울 숲에서는 비위도 넉넉하다.

겨울 숲은 가릴 것이 없다. 고요 속에 분주한 민낯을 본다.

다. 그렇게 추위도 숙명으로 받아들이며 시간을 넘고 넘는 사람들
이다. 그래도 그들이 사는 겨울에는 가족과 이웃이 있고, 오늘보다
나은 내일이 희망으로 함께한다.

 겨울 숲을 바라본다. 소나무 숲이야 여전히 녹색 바늘잎으로 주
위를 덮지만, 낙엽이 진 참나무 숲 속살은 가릴 것 없이 적나라하
다. 하얀 속살 위에 벌거벗은 나무들만 고요하고, 산등성이 공제선
에는 고만고만한 신갈나무 무리가 하늘과 맞닿아 묵묵하다. 드문
드문 참나무 숲속에 박혀 있는 늙은 소나무의 자태가 외딴섬처럼
고독해 보인다. 오색딱따구리의 나무 쪼는 소리와 이방인의 출현
을 알리는 까마귀의 경고음이 정적을 가른다. 설마 하고 고개를 내
민 산쥐마저도 하늘을 주름잡는 수리매의 시선에 표적이 된다. 나
무 꼭대기에서 사람들의 출현을 주시하는 청설모의 까만 시선도

베풀고, 또 베푸는 사람들. 그들이 있어 겨울 산정이 희열로 가득하다.

빼놓을 수 없다. 겨울 숲의 민낯은 언제나 고요 속에 분주하다.

이토록 허심탄회한 겨울 숲에서 어느 누가 혹세무민할 수 있겠는가? 모든 이가 마치 오래전부터 알고 지낸 것처럼 마음의 문을 열고 친구가 된다. "안녕하세요?" "수고하십니다." "힘내세요." 마주치는 사람마다 덕담도 주고받으며 가슴 한편에 접어둔 휴머니즘을 꺼낸다. 모두 소중한 사람이다. 본래 그랬는데, 살다 보니 독해졌다. 돌이켜보니 눈물이 난다. 어울림! 얼마나 멋진 단어인가? 애써 꾸미지 않아도 행복할 수 있는 어울림이 겨울 숲에 있다.

겨울 숲에서 특이하게도 마른 잎을 떨구지 못한 채 겨울을 지새우는 나무를 만난다. 감태나무, 까치박달, 당단풍나무, 떡갈나무. 분명 늘푸른나무는 아니나, 이듬해 봄 새 잎이 돋을 때까지 누런 갈색 잎이 가지에 매달려 있다. 특별히 생명 활동을 하는 것도 아닌데, 무슨 미련이 남았을까? 낙엽이 지려면 잎자루와 가지 사이를 차단하는 떨켜가 만들어져야 하는데, 이 프로세스가 불완전하기 때문이다. 떨켜가 부실하면 나무 속의 수분이 공기 중으로 빠져나간다. 겨울나무에게 수분 상실은 곧바로 고사枯死, 말라 죽음을 의미한다. 완전한 방수 떨켜층을 만들지 못하니 마른 잎이라도 붙여 밸런스를 유지하는 것이겠지. 뜬금없이 매달려 있는 마른 잎을 보면서 박수 칠 때 떠나지 못한 미련처럼 보일 수도 있겠다. 기실은 생존 전략으로, 다들 존재의 이유가 있는 것이다.

겨울 숲에서 간간이 노간주나무 같은 늘푸른나무를 만나는 것도 흥미롭다. 소나무도 아니고 잣나무도 아닌 것이, 빗자루를 거꾸로 세워놓은 듯 영락없이 허깨비 모습인지라 음산하기까지 하다. 이 나무는 가지가 가늘고 탄력이 있어 송아지 코뚜레로 제격이었다. 어린 송아지를 길들인다고 코청을 꿰뚫어 코걸이를 해줬으니 얼마나 아팠겠는가? 어른들이 코뚜레 끝을 뾰족하게 다듬고 불에 달구어 생살에 꿸 때 송아지 울음소리와 내 눈물이 섞이곤 했다. 농사가 주된 산업 기반이던 1960~1970년대에 소는 부의 상징이었다. 소 없는 집조차 코뚜레를 처마 밑에 걸어두었으니 그만큼 부자가 되고 싶은 간절함을 코뚜레가 대신한 것이다.

이 나무를 보면서 근근이 소 한 마리 키워 자식 농사짓던 우리의 아버지와 어머니를 생각한다. 자식에게 가난을 대물림할 수 없다는 처절한 절규. 등록금을 내야 하던 시절마다 우시장은 눈물로 가득했다. 아버지와 어머니도 울고, 소도 울었다. 자식이나 진 배없는 소를 팔아 모은 돈은 대학으로 향했고, 대학은 그렇게 신성한 숭배의 대상이 되었다. 우리의 아버지와 어머니 그리고 자식만큼 소중하던 소들의 피땀과 뼈가 모여 만들어진 대학. 그래서 우골탑牛骨塔이라 한다. 그렇게 민초들의 이상향으로 존중받아온 대학인데, 지금 대한민국에서 대학이란 무엇인가? 존재의 이유에 대해 한 번쯤은 공감하고 가야 하지 않겠는가. 소를 팔고 돌아서는 농군의 등이 서럽게 들썩인다. 씁쓸히 들이켠 막걸리 냄새가 눈물 바람에 실린다.

고산高山의 겨울 숲에 이르면 주목, 구상나무, 전나무 같은 나무들을 만난다. 어떤 나무는 살아 있기도 하고, 어떤 나무는 뼈대만 남아 있기도 하다. 하지만 눈서리를 흠뻑 지고 있는 이들 천년 나무 앞에서 삶의 경계가 무슨 의미가 있겠는가. 미풍에 기지개를 켜고 혹한에 움츠리기를 수십 번 수백 번 반복했는데, 그 많은 사연을 어찌 헤아릴 수 있겠는가. 살아 있든 죽어 있든 상고대 만발한 주목 앞에서 나는 한없이 작아진다. 그 순간 나의 가치와 철학이 멈추고, 다시 시작해야겠다는 생각으로 가득해진다. 차마 카메라 셔터를 누르지도 못하고 바라만 본다. 차오르는 감정을 겨우 가라앉힌다.

나무줄기가 붉어 붉을 주朱 자와 나무 목木 자를 써서 주목이다. 나무가 단단해 썩지 않고 제자리에서 천년을 버티는 '살아 천년

천년 나무 주목

죽어 천년' 나무이다. 얼마나 많은 사람이 이 자리에 섰을까? 천년 주목의 청청한 위용에 저마다 소원 한 가지씩은 말했겠지. 나보다 훨씬 먼저 이 세상을 지켜왔고, 풍상에 다져진 생명의 깊이와 넓이 가 내 삶의 이치를 아우르니 어찌 겸허하지 않으리. 이것이 겨울 숲에, 그것도 고산 겨울 숲에 가야 하는 이유이다. 살아가면서 가 슴에 품고 있는 고산 하나 있어 언제든지 찾아갈 수 있다면, 그것 이 덕德이고 행복 아니겠는가.

고산 고갯마루에 안긴다. 그 순간 휘몰아치는 칼바람도, 시선 아 래 일렁이는 구름도, 길을 재촉하던 나도 모두 하나가 된다. 추위 는 생각 밖으로 사라지고, 어느새 촉촉해진 나를 발견한다. 굽이굽이 솟은 봉우리마다 추억이 살아 오르고, 추억은 바람에 실려 계곡 속을 파고든다. 바람처럼 살자, 구름처럼 살자. 거친 마음을 비워낸다. 미시령, 대관령, 한계령, 곰배령, 정령치, 부은치, 팔랑치, 그리고 간월재, 하늘재, 만항재, 성삼재, 화개재, 박달재……. 우리 산하 우리 고갯마루에서 설움은 추억이 되고, 추억은 희망으로 움튼다.

"청산은 나를 보고 말없이 살라 하고 / 창공은 나를 보고 티 없이 살라 하네 / 성냄도 벗어놓고 탐욕도 벗어놓고 / 물같이 바람같이 살다가 가라 하네." 나옹 혜근 스님의 불교 가사이다. 지금 세상 사람들이 되새겨야 할 교훈이다.

50억 년 지구의 시간 속에서 우리는 모두 찰나剎那를 살다 가는 손님 아니던가. 내려놓고 바람처럼 살자. 비교하지 말자. 비우고 또 비우자. 베풀고 또 베풀자. 우리 모두 서로 의지하면서 한 세상 함께하는 삶의 동무가 아니던가. 내가 있는 자리에서 내 역할에 주어진 책임을 다하면 된다. 그것이 베푸는 것이고 비우는 것이리라. 모든 이에게 1년, 10년, 20년, 30년 이후의 내일이 있고, 누구에게나 그 내일은 소중하다. 내일을 서로 존중하면서 어우러지는 세상, 그것이 '사람 세상'이리라.

이제 잔설을 뚫고 노란 얼음새꽃, 하얀 바람꽃 열리리라. 생강나무, 조장나무 가지에도 노란 꽃이 만발하겠지. 새로운 생명의 탄생이다. 모두 다 최선을 다했기에 누릴 수 있는 유전자의 연속인 것이다. 다음 세대를 위해 세상을 온전히 물려주겠다는 지혜와 결의가 필요하다. 숲 계곡의 얼음 녹는 물소리에 다람쥐도 깜짝 놀라 깨어난다. 겨울의 성찰과 겨울에 만난 희망이 봄빛 생기를 듬뿍 받아 충분히 넉넉해지기를 소망한다. 겨울 숲에서 길을 묻는다.

바람처럼, 구름처럼 어우러지는 세상, 그것이 사람 세상이리라.

숲은 자연과 인문의 소통을 경험하면서 생각의 폭을 넓힐 수 있는 더없이 좋은 장소이다. 아이들에게나 어른들에게나 숲은 평생 배움의 공간이다. 세상 사람들 누구나 숲에서 삶의 지혜와 세상을 보는 통찰을 만나면 좋겠다. 이제 숲과 친한 사람들이 몫을 해야 할 때이다. 단순히 나무 이름만 외우고, 사연을 이야기하는 정도로 끝낼 수는 없다. 과학과 인문, 그리고 역사와 문화적 삶이 어우러진 스토리텔링이 필요하다.

사회 각 분야마다 미래 성장 동력을 찾느라 분주하다. 학문 간의 경계가 허물어지고, 융합과 창발적創發的 사고에 대한 요구가 치열하다. 이러한 시대적 담론에 교육은 무엇을 어떻게 대처하고 있는가? 한정된 내용과 시효가 지난 지식으로 미래에서 온 아이들을 대하고 있지는 않은지, 자기 안에서 만족과 착각에 사로잡혀 있지는 않은지, 구호만 요란하고 문서로만 혁신하고 있지 않은지 살펴볼 일이다. 아이들과 숲으로 가자. 숲길에서 과학과 인문사회, 역사 문화, 그리고 예술을 이야기하자. 자연과 인문이 공존하는 숲길에서 지식의 통합과 분절이 조화를 이루는 진심 교육을 만들어보자.

오늘 숲에서 나오는 이들의 발걸음이 참 가볍다. 오늘은 무엇으로 그리 좋았을까. 숲 나무들과 마음을 나누고, 인문이 공존하는 자연과 소통하면서 마주치는 사람들과 덕담도 주고받았겠지. 하루 종일 좋은 햇빛 받으며 세로토닌에 엔도르핀까지 충만했으니 당연 기분이 최고이다. 회색빛 도시 빌딩 숲에서 좌충우돌 일희일비하는 사람들이 어찌 이해할 수 있겠는가. 숲에서의 하루는 최고의 힐링이다.

숲길에서 방금 만들어진 싱싱한 산소도 마시고, 피톤치드로 머리를 맑게 했겠지. 거기에 음이온으로 듬뿍 샤워까지 했으니 몸과 마음이 날아갈 듯하다. 어찌 그뿐인가. 찌든 생활의 흔적은 땀으로 다 날려보냈으니 유난히 뽀얀 피부가 빛난다. 홍조 띤 얼굴의 광채는 더욱 매력적이다. 순진무구한 아이로 다시 태어난 것과 진배없다. 오늘 숲 사람들이 만든 행복은 내일도 모레도 지속 가능하리라.

묵묵히 자기 할 일을 다 하는 사람들, 남에게 신세를 끼칠까 스스로 절제하는 사람들, 잔꾀를 부리지 않고 정통하게 사는 사람들……. 이 땅의 선량한 사람들 모두 숲길에서 만나자. 특히 앞만

보고 살아온 사람들은 꼭 오시라. 남에게 상처받은 사람들, 일상이 무거운 사람들도 모두 오시라. 더 이상 자신을 학대하지 않도록, 더 이상 스스로 비굴하지 않도록 숲길에서 치유의 시간을 함께하자. 이제 숲에서 길을 묻고, 내가 나를 존중하고 소중히 하는 삶을 만나보자.

숲사친(숲을 사랑하는 친구들)과 열다섯 해를 함께했다. 참 순박한 친구들이고, 우정으로 돈독하다. 숲길을 함께 걸으며 꽃과 나무들에 해박하다. 이런저런 이야기를 나누며 오른 산이 부지기수이다. 이들에게 배운 게 참 많다. 모두 건강하게 살고, 오래오래 숲에서 만나면 좋겠다.

숲길에서 제일 많이 만나는 산객은 부부이다. 무슨 말이 필요하겠는가. 걷는 사람은 둘이지만 생각은 하나이다. 서두를 것도 없다. 사랑과 우정, 의리가 다 묻어난다. 나도 그렇게 부부로 숲길을 함께했다. 그분께 감사의 마음을 전한다.

이 책이 숲길을 걷는 사람들에게 도움이 되면 참 좋겠다. 또 사람들이 숲길과 친해지는 계기가 되면 더할 나위 없겠다. 아울러 숲과 친한 사람들과 아이들을 가르치는 사람들에게 작은 보탬이 되길 기대해본다. 이 땅의 모든 선량한 사람과 선량하고자 애쓰는 사람들에게 이 책을 전한다.

나무의 말이 좋아서